Ernst Tugendhat
Ana María Vicuña y Celso López

EL LIBRO DE MANUEL Y CAMILA

COLECCIÓN
Campo de estrellas

Otras obras de

Ernst Tugendhat

publicadas por Gedisa

Lecciones de ética

Ser-Verdad-Acción
Ensayos filosóficos

Diálogos en Leticia

Ensayos 1990-2000
(en preparación)

Introducción a la
filosofía analítica del lenguaje
(en preparación)

EL LIBRO DE MANUEL Y CAMILA

Diálogos sobre ética

Ernst Tugendhat
Ana María Vicuña y Celso López

gedisa
editorial

Título de la versión alemana:
Wie sollen wir handeln? Schülergespräche über Moral

Diseño de la cubierta: Alma Larroca

Primera edición española: junio del 2001, Barcelona

Paseo Bonanova, 9, 1º-1ª
08022 Barcelona (España)
Tel. 93 253 09 04
Fax 93 253 09 05
Correo electrónico: gedisa@gedisa.com
http://www.gedisa.com

ISBN: 84-7432-896-9
Depósito legal: B. 25735-2001

Impreso por: Carvigraf
Cot, 31 - Ripollet

Impreso en España
Printed in Spain

Índice

Nota editorial

El libro de Manuel y Camila fue escrito originariamente en Chile para el uso escolar. En esta nueva edición española hemos querido respetar, lógicamente, las particularidades del lenguaje de los niños y adultos chilenos.

1

¿Cuál es el peor crimen?

Manuel estaba haciendo sus deberes. Su padre miraba la televisión. De pronto, Manuel escuchó que en el telediario informaban de un asalto. La noticia le llamó la atención y se sentó junto a su padre a ver de qué se trataba. El periodista decía que unos delincuentes habían entrado en un domicilio a robar, engañando al ama de casa. La amarraron y la amordazaron. Desgraciadamente, mientras estaban robando, llegó el marido. Al verse sorprendidos, al parecer, los delincuentes trataron de capturarlo para usarlo como rehén por si llegara la policía, pero como no pudieron, lo mataron y luego mataron también a la esposa.

A Manuel le impresionó mucho la noticia, sobre todo cuando vio los cadáveres cubiertos con sábanas y la sangre derramada en el suelo.

En la noche, antes de dormirse, Manuel seguía pensando un largo tiempo en la pareja asesinada. Se planteó muchas preguntas: ¿Tendrían hijos los esposos asesinados? ¿Qué sentirían? ¿Todos los niños sin hogar llegarían a ser delincuentes?

¿Habría una forma de evitar eso? Este último pensamiento le produjo una gran inquietud y se quedó aún mucho tiempo despierto.

–¿Vieron las noticias? –preguntó Manuel a sus amigos, cuando llegó la mañana siguiente al colegio.

–No –respondieron Álvaro y Sebastián.

–Se trataba de un asalto sangriento –agregó Manuel.

–Bueno –dijo Sebastián–, la televisión y los diarios siempre informan de asaltos.

–Pero éste fue realmente muy terrible –dijo Manuel.

En ese momento llegaron Camila, Gloria y otras compañeras. Una de ellas, Margarita, dijo que ella también había visto la noticia y que su padre estaba muy impresionado porque el señor que había muerto era un antiguo jefe de él.

–Eso es muy triste –dijo Gloria–, algo así no debería ocurrir, las personas deberían aprender a amarse y respetarse.

–Sí –dijo Camila–, yo estoy de acuerdo con eso, además, el matar a dos personas indefensas es algo muy cruel.

–A mí siempre me indigna mucho cuando la gente actúa con violencia –dijo Isabel–, no entiendo cómo alguien puede hacer eso.

–Seguramente –dijo Álvaro–, lo hicieron para poder huir sin ser descubiertos.

–Pero matar a las personas es un crimen, es lo peor que se puede hacer –replicó Gloria–. Podrían haberlos amarrado o, como mucho, podrían haberlos dejado inconscientes.

–¿Por qué dijiste antes que matar es algo muy cruel? –preguntó Sebastián a Camila.

–Porque al matar a una persona se le causa el mayor sufrimiento que se puede imaginar –contestó Camila.

–Cuando a ti te matan –intervino Álvaro bromeando–, de hecho no sufres mucho.

Camila se enfadó un poco, pero en lugar de reaccionar, se quedó pensativa y luego contestó:

–Bueno, puede que las personas que son asesinadas no sufran mucho, porque la muerte puede ser muy rápida, pero al menos es un terrible sufrimiento para sus familiares, porque ya no podrán estar con ellos.

–Y también es un sufrimiento para los que mueren –agregó Gloria–, porque tampoco podrán ver más a sus familiares.

–¡Ah!, ¿tú crees que las personas muertas siguen viviendo y sintiendo? –le preguntó Sebastián, y agregó–: yo no creo que una persona que muere, sufra. Una persona que muere ya no siente nada.

–Es verdad –dijo Álvaro–, pero, ¿qué pasa con sus familias?

–Eso no lo sé –dijo Sebastián–, pero, ¿qué pasaría si las personas asesinadas hubiesen sido muy viejas y no hubieran tenido hijos? Entonces no habría nadie que sufriera por ellas. En tal caso, ¿por qué es malo matar?

La pregunta de Sebastián los horrorizó a todos. Pero Gloria reaccionó inmediatamente:

–Matar es malo porque entre los Diez Mandamientos hay uno que dice: «No matarás».

–Bueno, sí –refunfuñó Sebastián, pero para los amigos era claro que él no estaba muy convencido. Por eso, Álvaro cambió rápidamente de tema.

–Si a mí me asaltaran –dijo–, entonces simplemente trataría de defenderme y de defender a mi familia.

–Supongo –replicó Manuel sonriendo–, que lo harías igual que tu admirado Rambo.

–¡Claaaro! –dijo Álvaro, abriendo unos ojos enormes.

Cuando Camila llegó a su casa, se quitó la parka y, junto con su mochila, la tiró en un sillón.

–El almuerzo está casi listo –dijo su madre–, ¿podrías comenzar ya a poner la mesa?

–¡Claro! –dijo Camila y se metió a la cocina. Mientras repartía los cubiertos y las servilletas, no podía evitar pensar en lo que Sebastián había dicho al final. En realidad, ella tampoco estaba muy convencida de la respuesta de Gloria. Aunque sabía que matar era un crimen terrible, sentía que algo faltaba en esa explicación, porque de hecho era cierto que el asesinado normalmente sólo sufre durante un rato muy breve. Pero no se le ocurría una razón diferente.

–Mamá –dijo–, ¿te puedo hacer una pregunta?

–Por supuesto –dijo su madre.

–¿Por qué es malo matar a alguien? –preguntó Camila.

–¡Qué pregunta más extraña! –exclamó la madre con sorpresa.

–Es que tuvimos una discusión sobre esto en el colegio y me he quedado un poco confundida –aclaró Camila.

–Nunca he pensado mucho en eso –empezó a decir la madre–, pero en mi opinión es algo malo porque todos queremos vivir. Me parece que la vida es nuestro mayor bien; todas las otras cosas son menos importantes que poder seguir viviendo.

La respuesta de su madre le pareció muy razonable a Camila, pero no era lo que ella realmente había esperado. De todos modos ahora mismo no tenía ganas de seguir preguntando.

Un poco después llegó su padre a comer y junto con él un tío de Camila, un hermano bastante menor de su madre, al que Camila quería mucho.

–¡Hola, tío! –dijo Camila y le dio un gran abrazo.

Después de los saludos se sentaron a la mesa. Mientras comían, los padres y el tío conversaban sobre asuntos del trabajo y Camila sólo los escuchaba y los miraba con atención. Cuando se produjo una pausa, el tío le preguntó a Camila cómo le iban las cosas en el colegio.

–Me va muy bien, tío –respondió Camila. Sin embargo, esa pregunta sencilla le hizo recordar de nuevo la conversación con sus amigos. Todos en la mesa notaron que se había quedado un poco pensativa.

–Nuestra Camila se ocupa ahora de temas bastante difíciles –dijo la madre con una sonrisa un poco irónica.

–¡Mamá! –dijo Camila, alzando la voz, aunque sin enojarse–, lo que te pregunté no tiene nada que ver con el colegio.

–A ver –dijo el tío–, cuéntame de qué se trata.

Camila no estaba muy segura de si quería volver a plantear el problema, porque su tío siempre le hacía bromas, pero al final repitió la pregunta de antes:

–¿Por qué es malo matar a alguien?

El tío estaba a punto de reírse pero puso una cara terriblemente seria e hizo como si tuviera que reflexionar muy profundamente, y luego le respondió:

–¿Y a quién estás pensando eliminar ahora?

–¡Tío! –exclamó Camila en un tono de reproche–, ¡he planteado esta pregunta absolutamente en serio!

–Bueno, bueno –dijo el tío y ahora se puso a pensar de verdad. Después de un momento le preguntó–: ¿qué te dijo mamá?

–Que es malo, porque todos queremos vivir –respondió Camila.

–Exacto –dijo el tío–, yo creo que esa es la respuesta correcta.

–Pero, ¿por qué todos queremos vivir? –insistió Camila.

–No te puedo dar una razón, pero es cierto. Es un hecho que vivir es para nosotros lo más importante –respondió el tío que entretanto se había puesto muy serio–, por eso siempre tratamos de evitar la muerte. Fíjate que todas las personas hacen eso. Por ejemplo, si viene un automóvil a toda velocidad, tú te subes de un salto a la vereda, si algo cae de un edificio, inmediatamente te apartas y si viniera un loco con un cuchillo y nos tratara de matar, reaccionaríamos de la misma manera y trataríamos de huir.

–Sí, es cierto –dijo Camila–, pero, ¿estás seguro de que siempre todas las personas hacen eso?

–Bueno, si aún no estás segura –dijo el tío–, entonces pregúntate lo que tú misma harías. Si piensas que morir es el peor mal que te puede suceder, ¿no crees que debes suponer que los demás piensan lo mismo?

–Sí, claro –empezó a replicar Camila–, pero, ¿qué pasa con las personas que se suicidan? –preguntó, mirando a su tío con cara de pícara.

–¡Qué sobrina más inteligente tengo! –dijo el tío con una amplia sonrisa.

Entonces intervino el padre:

–Esos son casos excepcionales, hija. Es verdad que algunas personas se suicidan, pero eso ocurre con las personas que están muy enfermas o que se sienten completamente desesperadas. E incluso en esos casos muchos retroceden al final y se arrepienten en el último momento.

Camila no dijo nada, pero pensó en una película en que un hombre trata de suicidarse subiéndose a un edificio y lanzándose desde lo más alto. En el momento de lanzarse se arrepiente de su decisión y se agarra a un borde de la fachada de la casa hasta que la policía y los bomberos lo rescatan.

–Además –continuó su padre–, ¿no crees que aun una persona que está pensando seriamente en suicidarse, se aterrorizaría si alguien la amenazara con un revólver y haría todo lo posible para salvarse? ¿Por qué crees que sucede esto? Es indudable que se debe a que el apego a la vida es el sentimiento más fuerte que tenemos.

Lo que acababa de decir su padre dejaba muy impresionada a Camila, pero sentía que, a pesar de todo, para ella aún no estaban claras todas las cosas. De manera que prefirió no insistir.

–Entiendo –contestó, pero en su mente siguió dando vuelta el problema. ¿Por qué la muerte me impresiona tanto? se preguntó Camila. Hay personas que simplemente asesinan a otras y esto es algo que me parece insoportable, pero ni siquiera puedo indicar una razón de mi horror.

Entretanto, sus padres siguieron conversando con su tío hasta que terminó el almuerzo. Camila le ayudó a su madre a levantar la mesa y luego se sentó en un sillón y quería leer una historieta.

–Creo que antes no quedaste aún del todo convencida, ¿no es cierto? –le dijo su tío.

Camila se asustó porque no se había dado cuenta de que él estaba a su lado.

–No sé –respondió–, lo que pasa es que en la escuela hay uno que siempre me contradice en todo lo que estoy diciendo. Este compañero afirma que el asesinato no puede ser un crimen tan grave porque cuando se mata a alguien, éste sólo suele sufrir durante un rato muy breve.

–Y esta afirmación te molesta mucho –le dijo su tío, adivinando su pensamiento.

–Claro que sí –dijo Camila, y le explicó la discusión que había tenido con Sebastián.

–Lo que podrías intentar hacer en ese caso –le aconsejó su tío–, sería usar otro método. No dejes que te meta en una discusión, sino ponle a él mismo el problema.

–¿Qué problema? –preguntó Camila, sorprendida.

–Le dices, por ejemplo, que tiene que suponer que ha cometido un crimen muy grave y que le dejan escoger si prefiere que lo ejecuten o si opta por pasar el resto de su vida en la cárcel.

–¡Gracias, tío! –dijo Camila. Se había dado cuenta rápidamente que con este método podía dejar a Sebastián en apuros. Con el ejemplo comprendió que la mayoría de las personas pensaban que la muerte era un mal tan grande que incluso preferían una vida sin sentido y lleno de sufrimientos antes que morir. Pero ¿a qué se debe esto?, pensó para sí misma. La dificultad con Sebastián había surgido porque en la discusión en el colegio supusimos que sólo el sufrimiento sería horrible, y ahora resulta que incluso una larga vida llena de sufrimientos nos parece mejor que morir. Cualquiera habría pensado que la razón por la que no queremos morir serían las alegrías que podemos tener en la vida. Esto significaría que queremos vivir porque al menos esperamos encontrar más alegrías que sufrimientos en la vida. Mas ahora figura que ha de ser al revés: si no estamos completamente desesperados, preferimos una vida que sólo consiste en sufrimientos a que la vida termina.

Camila tenía sentimientos divididos. Por un lado estaba contenta de que ahora podía plantar cara a Sebastián, pero en lo más profundo, sin admitirlo aún del todo, estaba muy afectada por el significado, hasta ese momento no sospechado, de vida y muerte.

La mañana siguiente en la escuela se le hizo casi interminable a Camila. Las clases le parecían aburridas y no se podía concentrar. En realidad estaba ansiosa por conversar con Sebastián. Pero sólo cuando todos estaban ya en camino a sus casas se dio una oportunidad.

–Queda aún un problema –dijo Camila a sus amigos–. Esto le interesará sobre todo a Sebastián.

–¿Qué problema? –preguntaron todos muy intrigados. Y ahora Camila les planteó la pregunta sobre la decisión tal como su tío se lo había propuesto.

–Ese problema me gusta –dijo Álvaro. Los demás se quedaron pensando en silencio.

–Yo creo que nadie va a elegir que lo maten –dijo Gloria, después de un momento.

–Yo estoy de acuerdo con Gloria –dijo Manuel–, creo que nadie elegiría morir. La muerte es el final de toda nuestra vida y nadie puede querer eso en serio.

–¿Qué elegirías tú? –preguntó Camila a Álvaro.

–No estoy seguro –dijo Álvaro–, creo que elegiría estar preso para siempre, pero claro que trataría de escapar.

–¿Y si no pudieras escapar, no crees que sería preferible morir?, –le preguntó Manuel.

–No –contestó Álvaro–, porque esto sería escoger la nada.

–¿Qué elegirías tú? –preguntó Camila a Sebastián, poniendo cara de inocente.

Sebastián no respondió inmediatamente. Los miró a todos en silencio y luego dijo:

–Me parecería mejor ser ejecutado, porque el sufrimiento sólo sería corto en comparación con el interminable sufrimiento durante años en la cárcel.

–No creo que lo digas en serio –dijo Manuel–. La muerte es lo peor que le puede pasar a uno.

–¿Por qué dices eso? –preguntó Sebastián.

–Piensa en la pena de muerte –respondió Manuel–. Todos la consideran como el castigo más duro, aunque solamente cause un dolor breve.

–Eso es –intervino Camila–. No se trata del sufrimiento en la cuestión del morir.

–Sí –dijo Manuel–, eso es lo que nos confundió ayer, porque pensábamos que matar causa sufrimiento a la persona que muere o a su familia. Pero Sebastián nos mostró que a veces podía causar ningún sufrimiento.

Sebastián se quedó callado, pensando. Camila, en cambio, estaba contenta. Sentía que había vencido a Sebastián.

Por la tarde, los tres amigos se juntaron de nuevo. Manuel les dijo que primero tenía que ir a comprar, pero que después podían hacer juntos un juego de vídeo.

–¿Me acompañan? –les preguntó.

–¡Claro! –dijeron Álvaro y Sebastián.

Durante el camino volvieron a conversar sobre la discusión de la mañana.

–¿Realmente preferirías que te mataran? –preguntó Álvaro todavía incrédulo.

–No sé, a lo mejor –contestó Sebastián.

–¿Sólo porque crees que no se sufre? –insistió Manuel.

Sebastián no contestó, pero se notaba que se sentía acorralado.

Entretanto habían llegado al local de los vídeos, y durante un tiempo se dejaron fascinar por el ruido de los juegos de vídeo. No obstante, Manuel seguía pensando incluso durante el juego en la pregunta de cómo podría convencer a Sebastián. Suponía que, en realidad, Sebastián nunca hubiese elegido su propia muerte, pero que sencillamente no quería ceder. De pronto se le ocurrió una idea:

–Dime, ¿qué hubiese pasado si los asesinos hubiesen matado a los esposos mientras dormían?, –preguntó a Sebastián–. El daño que se les habría provocado es el mismo, pero no se podría decir que hubieran sufrido.

–Sí, creo que tienes razón –dijo Sebastián, después de un momento–. Hasta ahora siempre he pensado que el sufrimiento es lo peor, pero ahora me doy cuenta de que esto no es cierto. Pero no lo comprendo.

Esta noche, cuando los padres de Manuel se fueron a dormir, su madre preguntó a su marido:

–¿Cerraste la puerta de la calle?

–Sí –contestó su padre.

–¿Pusiste el cerrojo? –volvió a preguntar su madre.

–Creo que no –respondió el padre y dirigiéndose a Manuel le dijo:

–¿Por qué no lo pones tú, hijo?

–Ahora mismo –respondió Manuel–. Buenas noches.

Cuando sus padres se habían retirado al dormitorio, Manuel se acercó a la puerta. El cerrojo hizo «clic» cuando encajó, y en el mismo momento algo hizo «clic» en la cabeza de Manuel. Se había dado cuenta de que cuando las personas se retiran a dormir, quieren sentirse protegidas. Eso le recordó de nuevo su conversación con Sebastián. Las personas protegen su vida porque quieren seguir viviendo, pensó. Nadie quiere morir incluso si la muerte no hiciera sufrir lo más mínimo.

Cuando ya se había acostado, no pudo dormir. Pensaba que, al parecer, la muerte era el peor mal para todos. Y por eso el asesinato era el crimen más grave. El mal no es simplemente el sufrimiento, siguió reflexionando, y no se puede encontrar una solución para la moral al decir que no se deber causar sufrimiento. ¿Había que decir entonces que la moral prohibe causar daño a otros? Si se roba a alguien, por ejemplo, sin que se dé cuenta, se le causa un daño, pero no sufre. ¿Pero podía decirse: si se mata a alguien, se le causa un daño? Esto tampoco le parecía adecuado.

2

¿Provocan todos los tipos de robo el mismo daño?

Ricardo parecía distraído en clase. Tenía la mirada fija y estaba claro que no escuchaba lo que la profesora decía. Esto llamaba la atención pues Ricardo, aunque un poco tímido, era un joven muy ordenado, que nunca se portaba mal en clase y siempre atendía a lo que la profesora decía.

–¿Qué te ocurre Ricardo? –preguntó la Señora Verónica con delicadeza, cuando notó que él estaba totalmente abstraído de la clase.

–¡No, nada! –dijo Ricardo un poco asustado.

–No te preocupes –dijo la profesora–, no es mi intención reprenderte, pero, si estás preocupado por algo y piensas que te podemos ayudar, no debes tener miedo de plantearlo en la clase.

–Bueno –dijo Ricardo e hizo una pausa–, es que al venir a clases vi a dos jóvenes quitándole el dinero a un niño mucho más chico que ellos. Estaba pensando sobre eso.

–¡Oh!, entiendo –dijo la Señora Verónica.

–¿Y qué hiciste tú? –preguntó Camila repentinamente.

–Nada –contestó Ricardo–. Bueno, en realidad no supe qué hacer.

–¿No trataste de ayudarle? –preguntó entonces Álvaro, con un tono superior de hombre fuerte y decidido.

Ricardo lo miró, pero no dijo nada, sólo se encogió de hombros.

–Tal vez –dijo la Señora Verónica mirando a Ricardo–, la situación te dio un poco de miedo.

–Tal vez –respondió Ricardo y se quedó en silencio por un momento–. Sí –dijo a continuación–, creo que me asusté, además, eran dos muchachos grandes. No creo que hubiera podido hacer mucho. Seguramente me habrían golpeado.

–¿Por qué te haces reproches entonces? –dijo Sebastián–, si no podías hacer nada, no tienes por qué atormentarte.

–Es que me dio mucha rabia –contestó con fuerza Ricardo.

Sus compañeros se sorprendieron. No estaban acostumbrados a que Ricardo, un joven tan tranquilo, se pudiera indignar tanto. Normalmente siempre estaba tranquilo y parecía estar de acuerdo con todo.

–A mí también me daría mucha rabia –dijo Gloria.

–¿Por qué? –preguntó la Señora Verónica.

–Porque se trata de un típico caso de abuso de poder –respondió Gloria, casi automáticamente–, y eso es algo que no debería ocurrir.

–Pero siempre pasa –dijo Sebastián, con ligereza, como si el tema no le pareciera muy importante.

–Puede ser –replicó Gloria enérgicamente–, pero quitarle el dinero a alguien es una acción muy mala, y si además se hace por medio de la fuerza, a una persona más débil, es aún peor.

–Bueno –dijo la Señora Verónica, tratando de suavizar las cosas–. ¿Están todos de acuerdo con lo que acaba de decir Gloria?

Todos los alumnos asintieron, con palabras o con movimientos de cabeza, a la pregunta de la profesora.

–Si es así –dijo ella enseguida–, ¿no creen que deberíamos preguntarnos por qué eso está mal?

–¿Para qué? –dijo Pablo, sin muchos deseos de pensar sobre el tema–. Desde que éramos chicos nos han dicho que robar está mal.

–Es cierto –dijo la Señora Verónica–, pero ahora que no son tan niños, ¿no creen que ya sería hora de preguntarnos también por las razones de por qué es incorrecto robar?

–Bueno, no me voy a oponer –dijo Pablo–. Lo que pasa es que nunca pensamos en las razones porque en todas partes nos dicen que robar es malo. En los diarios y también en la televisión se dice que robar es malo y que los delincuentes deben ir a la cárcel. Todo el mundo piensa esto.

–¿Qué dicen los demás sobre este tema? –dijo la Señora Verónica.

Se produjo un silencio en la sala. Todos los niños pensaban en la pregunta, que parecía fácil, pero sobre la que nunca habían reflexionado mucho.

–Yo creo que robar es malo porque se le está causando un daño a la persona a la que se le roba –dijo Manuel.

–Muy bien –dijo la Señora Verónica–, ese parece ser un buen comienzo.

–Yo estoy de acuerdo con Manuel –dijo Gloria–. Seguramente el niño que vio Ricardo quedó muy asustado y se puso a llorar.

–Sí –insistió Manuel con calma–, esto también puede ser. Pero creo que aunque él no llorara ni se sintiera asustado, de todos modos habrá sufrido un daño.

–Pero, si no llora ni se asusta, ¿en qué consiste el daño? –preguntó Álvaro.

Manuel se quedó pensativo.

–Piensa que si le robas a un adulto –intervino Camila–, seguro que no se echará a llorar tan fácilmente y es posible que no se asuste, pero de todos modos habrá sufrido un daño.

–Es cierto –dijo Manuel–, por eso la razón debe ser otra, pero todavía no la entiendo.

–Bueno –dijo la Señora Verónica–, podemos buscarla entre todos –y continuó–: preguntémonos entonces, ¿por qué es malo quitarle algo a alguien?

–No estoy del todo segura –respondió Camila, después de un momento–, pero lo que tengo claro es que no me gustaría que me robaran a mí.

–Incluso es probable que a nadie le gustaría esto –agregó Sebastián.

La campana sonó en ese momento y la clase tuvo que finalizar. Los alumnos salieron a recreo y no se preocuparon más del tema. Manuel, sin embargo, se quedó pensando en la discusión. Estaba especialmente sorprendido por la reacción de Ricardo. ¿Cómo era posible que Ricardo, que habitualmente era tan tranquilo, había reaccionado con tanta indignación?

Cuando se encontró con su amigo Sebastián, no pudo evitar volver a plantear el tema.

–Sebastián –dijo Manuel–, ¿qué piensas de lo que conversamos? ¿Por qué es malo robarle a otra persona?

–¿Aún sigues pensando en lo que le pasó a Ricardo? –dijo Sebastián–. Mira, no sé muy bien qué decir.

Manuel no quedó satisfecho así es que insistió:

–Pero, tú no lo harías, ¿no es verdad?

–¿Quitarle el dinero a un niño chico? No, desde luego –dijo Sebastián.

–Pero, en realidad, ¿por qué no? –preguntó entonces Manuel.

–Porque la persona a la que se lo hago podría causarme tal vez un daño aún mayor a mí –respondió Sebastián.

–Es verdad que eso puede ocurrir –dijo Manuel–, pero si se trata de un niño más chico que tú, eso no parece probable.

–Es que me podría dañar indirectamente –replicó Sebastián.

–¿Cómo es eso? –preguntó Manuel.

–Por ejemplo –dijo Sebastián–, si estoy en el colegio y le quito el dinero a un niño chico él podría acusarme y, sin duda, me castigarían.

Manuel frunció el cejo y luego sonrió un poco para sí mismo. Era una reacción típica de Sebastián. Nada le importaba mucho, pero siempre encontraba respuestas ingeniosas para todo.

–Mira –insistió Manuel–, si tú no robas sólo porque te podrían castigar, ésa no es una razón para decir que robar sea un crimen.

–Eso no lo entiendo –dijo Sebastián.

–Bueno –dijo Manuel–, pero supón que no te pueden pillar. En ese caso, ¿qué razón darías para decir que robar es malo? Como ves, no puedes decir que te podrían castigar, porque nadie lo sabría.

Los dos amigos se quedaron callados. Pero después de un momento Álvaro, que se había acercado a sus amigos y estaba escuchando la conversación, dijo:

–A lo mejor si no te pillan, robar no es malo –y miró a Manuel con cara risueña.

–¿Lo dices en serio? –preguntó Manuel.

–Es que no lo sé –dijo Álvaro.

–Lo que pasa es que a la larga siempre te pillan –intervino Sebastián–, y entonces el castigo es peor.

–Yo estoy de acuerdo con Sebastián –dijo Álvaro–, robar es algo que siempre está mal, porque te podrían sorprender y te llevarían a la policía y eso sí que sería una consecuencia terrible.

La idea peligrosa de un duro castigo hizo sus efectos. Sin embargo, Manuel no estaba conforme con lo que decían sus amigos. Sentía muy claramente que la sola posibilidad de un castigo no era una razón suficiente para no cometer un crimen. Pero en ese momento era inútil seguir discutiendo con Sebastián y Álvaro, pues no podía darles argumentos. Por eso, Manuel decidió aclarar esta dificultad con su padre.

Esa noche, cuando su padre llegó a casa, Manuel comenzó a conversar con él sobre las verdaderas razones de por qué no se debe robar.

–Es verdad, –dijo el padre–, el temor a ser castigado muchas veces tiene una función importante, tal como parece que lo vieron tus amigos. Pero eso no aclara todavía por qué se castigan realmente los robos. Has hecho bien en poner la atención en esta diferencia. Lo que ahora deberías preguntarte para encontrar la verdadera razón es lo siguiente: Supongamos que yo pudiera robar algo sin que nadie me sorprendiera, de modo que un castigo queda del todo excluido, ¿qué factores quedarían entonces que influirían en mi decisión? ¿Se te ocurre algo más, aparte del castigo?

Manuel se quedó pensativo durante un rato y luego contestó:

–Por ahora lo único que sé con seguridad es que nadie quiere que le roben.

–Tienes razón –dijo su padre–, y seguramente ésta es la razón de que exista una ley que castiga los robos. Piensa que también dentro de la familia hay castigos para los niños que roban a sus padres o a sus hermanos, para que aprendan a respetar la propiedad ajena.

–Lo que todavía no entiendo –dijo Manuel–, es ¿qué ocurre con la gente que no roba sólo por el miedo a ser castigados?

–Esto te lo puedes aclarar –dijo el padre–, si te preguntas cómo reaccionarías si conocieras a alguien que piensa de ese modo.

Manuel pensó un momento y dijo:

–A una persona así no le tendría confianza.

–Así es –dijo su padre–. Nadie le tendría confianza. Es por esta razón que no se debe educar sólo con castigos, sino que, además, se debe lograr que los niños no se comporten de una manera en que no quieren que los demás se comporten con ellos.

–Pero, ¿cómo se puede lograr eso? –preguntó Manuel.

–Tienes que aprender a ser capaz de ponerte en el lugar de la otra persona –dijo su madre, que hasta ese momento había escuchado la conversación en silencio.

–¿Cómo? –preguntó Manuel.

–Si tú robas por ejemplo un libro, aunque no te pillen –continuó diciendo su madre–, estás haciendo algo que a ti no te gustaría que te hicieran. Por lo tanto, sólo tienes que pensar qué sentirías si alguien te robase un libro. Así ves enseguida lo desagradable que resulta este sentimiento y entonces ya no querrás robar el libro. Manuel se quedó en silencio, un poco sorprendido.

–Como puedes ver –continuó su padre–, tenías razón cuando pensabas que el castigo no es lo fundamental. Un niño que ha tenido una buena educación no se abstiene de robar por temor al castigo, sino porque es capaz de ponerse en el lugar de otros.

–Es su propia conciencia moral y no el castigo –completó su madre–, lo que hace que la persona no robe.

Manuel seguía reflexionando.

–Todo esto puede ser cierto –dijo finalmente–, pero, ¿qué pasaría si hubiera personas que no tuvieran conciencia moral? –agregó recordando lo que Ricardo había contado sobre los muchachos que le quitaron el dinero al niño más chico.

–Yo diría que serían malas personas –dijo su madre.

–Cierto –dijo el padre–. Se trataría de personas que no tienen respeto por los demás y, en consecuencia, su comportamiento nos indigna.

–Si lo piensas bien, te darás cuenta de que nadie querría convivir con una persona así –dijo la madre–, y por esta razón, uno siempre debería preguntarse: ¿me gustaría ser una persona como ésa?

Manuel no contestó, pero tenía el sentimiento de que nunca quería ser así. Por ahora estaba contento con la conversación. Finalmente había comprendido por qué Ricardo se había indignado tanto.

La mañana siguiente, en el colegio, Manuel tenía muchas ganas de explicar a sus amigos lo que había aprendido con sus padres y se dirigió inmediatamente a Sebastián:

–Tú dijiste y Álvaro te apoyó en ello, que no se debía robar porque uno podría ser castigado. Y esta era la única razón para ti.

–Sí, exactamente –dijo Sebastián.

–Pero eso significa que si una persona no roba, lo hace sólo porque el castigo es algo malo para ella –replicó Manuel–, pero no significa que el robar sea malo.

–Si no me equivoco, ayer ya me dijiste eso –dijo Sebastián, sin impresionarse mucho.

–Sabes que pasa –contestó Manuel–, me parece muy importante distinguir entre lo que es malo para uno y lo que es simplemente malo.

–¿Y dónde crees que está la diferencia? –preguntó Álvaro.

–Algo es malo para uno si le hace un daño –dijo Manuel–. Por ejemplo, caerse en bicicleta sin que nadie lo haya empujado.

–¿Y qué sería lo malo sin más? –preguntó Sebastián.

–Es algo que nadie debería hacer –dijo Manuel –, por ejemplo, lo que nos contó Ricardo ayer de esos muchachos que habían asaltado a un niño más chico. Alguien que hace eso es una mala persona, porque no respeta a las demás personas.

–No entiendo –dijo Álvaro.

–Cuando alguien actúa así –insistió Manuel–, decimos que su acción es simplemente mala y no sólo mala para él ni para el afectado. El que sea mala significa que es algo repudiable, porque todos rechazamos esa manera de actuar y a todos nos produce indignación.

–Nadie quisiera convivir con personas que hacen eso –agregó Camila– y, por lo tanto, uno tampoco desea ser una persona así.

–Pero yo podría desear ser malo –dijo Sebastián–. Yo creo que no es necesario respetar a los demás, si todo me resulta bien y no hay consecuencias negativas para mí.

–Yo dudo mucho que eso sea posible –dijo Gloria–, pero aunque fuese posible, ¿realmente te gustaría ser malo?

–Tal vez –dijo Sebastián, sin querer comprometerse mucho.

–¿No crees que así te encontrarías muy solo? –preguntó Camila.

–¿Por qué? –preguntó Sebastián.

–Bueno –dijo Camila–, porque nadie confiaría en ti, y si alguien lo hiciera, tú sabrías que está equivocado. ¿De verdad que eso no te importaría?

Sebastián no alcanzó a responder, porque en ese momento tuvieron que entrar en clase. Desgraciadamente, la clase era de matemáticas y el Señor Morales era muy estricto, de modo que no se podía pensar en seguir la discusión. Sin embargo, Manuel estaba tan intrigado por saber lo que diría Sebastián, que se atrevió a pedirle permiso al profesor para continuar con la discusión. Como Manuel era un buen alumno, el Señor Morales accedió.

–¿De qué se trata? –preguntó el Señor Morales.

–Sebastián ha dicho que no le importaría ser una mala persona, aunque eso significaría que se quedarse totalmente solo –dijo Manuel.

–Yo no dije eso –replicó Sebastián–. Yo dije que podría querer ser malo, pero no me refería a mis amigos, sino a las demás personas.

–Eso no lo entiendo –dijo Gloria.

–Si tengo buenos amigos –dijo Sebastián–, me voy a portar con ellos como una buena persona, pero, ¿por qué deberían importarme las demás personas?

–Ahora comprendo vuestro problema –dijo el Señor Morales–, tú dices que con tus amigos te vas a comportar moralmente, pero que no te importa comportarte de una manera inmoral con las demás personas.

–Sí –dijo Sebastián–, siempre que no me pillen y no me castiguen.

–Lo que Sebastián dice –explicó el Señor Morales–, significa que él dividiría su conciencia. Si le hace daño a un amigo, él tendría mala conciencia, pero con las demás personas haría lo que le diese la gana, excepto si sabe que lo pueden pillar. ¿Qué piensan los demás de esto? –preguntó el Señor Morales.

–¿Qué pasaría si alguna vez te enojas con un amigo? –preguntó Manuel.

–No sé –dijo Sebastián–, seguramente no me importaría hacerle daño.

–Pero, ¿no crees que aunque ya no sea tu amigo deberías seguir respetándolo? –insistió Manuel.

Sebastián no respondió y se quedó pensativo.

–Yo creo que debemos respetar a todas las personas –dijo Camila–. Es verdad que por nuestros amigos sentimos algo muy especial, pero eso no significa que no debamos respetar a las personas que no amamos o que nos resultan antipáticas.

–Pero ¿por qué razón? –dijo entonces Sebastián–, ¡simplemente no sé por qué debería respetar a todas las personas!

Los compañeros quedaron callados. Por eso el Señor Morales volvió a intervenir:

–¿No quieres que los demás te respeten?

Sebastián no respondió, pero los demás volvieron a animarse.

–Naturalmente. Todos queremos que los demás nos respeten –dijo Gloria.

–Yo también pienso lo mismo –dijo Manuel–. En el caso del robo, sería muy inseguro vivir en una sociedad en la que hay que contar con que todos podrían robarnos.

–Lo dices muy bien –dijo el Señor Morales–. Evidentemente, esa es también la razón de que tengamos leyes que imponen castigos. Esto nos da un mínimo de seguridad y confianza en la vida cotidiana.

–¿Por qué un mínimo? –preguntó Álvaro.

–Porque preferiríamos que la gente no nos robara porque nos respeta –dijo el Señor Morales–, pero, si no nos respeta, queremos que al menos no nos robe por miedo al castigo. La propia conciencia moral es la mejor protección de acciones malas, pero cuando la conciencia moral no funciona, entonces interviene la ley, como un segundo sistema de seguridad que prohibe los actos delictivos.

–Pero, ¿no cree usted que las leyes pueden ser también muy injustas si castigan todos los tipos de robos? –replicó Adriana. Su voz se levantó desde la última fila del aula y la pregunta los sorprendió a todos, porque Adriana casi nunca hablaba.

–¿Qué quieres decir con eso exactamente? –preguntó Camila.

–Me refiero a que se castiga siempre por igual, no importa si el que roba es rico o pobre, o si se le roba a un pobre, a un rico o a un supermercado. Yo creo que estos robos no son iguales.

–¿Quieres decir –dijo Camila–, que si se le roba a un rico, la pena debería ser menor?

–¿O que si le robas a un rico –intervino Manuel–, no hace falta tener mala conciencia?

Adriana no contestó.

–Tal vez –dijo el Señor Morales–, deberíamos analizar algún caso concreto, si queremos aclarar el tema.

–Yo puedo poner un ejemplo concreto –dijo Adriana rápidamente–. Supongamos que una empleada del hogar trabaja para una señora muy rica. La patrona tiene todo tipo de comodidades y, sobre todo, los armarios llenos de ropa. La empleada decide robarle un pantalón, porque su hija es demasiado pobre para comprarse uno. Como la patrona tiene tanta ropa, no se va a dar cuenta de que le falta el pantalón. Si la patrona no se da cuenta, la empleada no le ha hecho ningún daño.

–Yo también pienso esto –dijo Sebastián.

–Pero, ¿qué pasa si la patrona se da cuenta de que le robaron? –preguntó Gloria.

–Entonces perdería la confianza en la empleada –dijo Camila–, y seguramente diría, si no puedo confiar en ella con respecto a la ropa, me podría robar también cualquier otra cosa. Así que ya no se fiaría de ella en nada.

–Esto es cierto –dijo Manuel–, porque incluso si ella sólo tomara el pantalón, dejara que su hija lo usara y después lo devolviera, sería algo mal hecho. Sería un abuso de confianza.

–¿Tan grave sería eso? –preguntó Sebastián.

–Pues verás –intentó aclarar Álvaro–, a nadie le gusta que le tomen cosas prestadas sin preguntar antes. Yo no dejaría que nadie se ponga mi ropa. Y si, además, alguien lo hace sin decir nada, tanto peor.

–Sí, está bien –dijo Sebastián–, pero en todo caso es injusto que unas personas sean tan ricas y otras tan pobres.

–¿Y tú crees que por eso el robo está justificado? –le preguntó Gloria.

–No sé, tal vez sí –dijo Sebastián.

–Pero, ¿no te das cuenta de que el robo es algo que siempre se comete de manera secreta y que, en el ejemplo de Adriana, se hace además para el propio provecho? –dijo Camila.

–Yo estoy de acuerdo con Camila –dijo Manuel–. Yo creo que robar es algo bastante diferente a querer cambiar a la sociedad. A lo mejor Sebastián tiene razón en pensar que se debería hacer algo para que no hayan tantas diferencias entre ricos y pobres, pero me parece que el robo no es el medio adecuado.

–Ese problema deberíamos dejarlo pendiente –dijo el Señor Morales–. En otra oportunidad podemos discutir si está moralmente permitido o, aun, si es obligatorio cambiar la sociedad.

–Pero antes deberíamos hablar todavía de los robos a los supermercados –dijo Álvaro–. Puedo dar algunos ejemplos. El otro día cuando fui al supermercado con mi madre, y había una oferta especial de pelotas de tenis. Me eché una al bolsillo. Nadie se dio cuenta, así que no la pagué. Ahora me gustaría saber a quién podría haber hecho un daño con esta acción.

–Pues ¡naturalmente al dueño del supermercado! –exclamó Gloria.

–El problema no es tan simple. Los supermercados muchas veces no tienen un solo dueño sino varios, y a veces también son sociedades anónimas. Generalmente calculan de antemano que algunos clientes les van a robar y por eso cobran todo un poco más caro.

–Vale. Pero aún así no estarán precisamente entusiasmados de que todo el mundo robe –dijo Camila.

–Está muy claro –dijo el Señor Morales– que aquí de nuevo necesitamos la ley. Si no existieran leyes, todo el sistema de comercio quedaría por los suelos. Por eso es necesario que haya un castigo. Moralmente, sin embargo, este caso es distinto del robo de la empleada a la patrona, porque como habéis dicho muy bien, aquí no hay una persona concreta a la que no se hubiera respetado.

–Esto no lo tengo tan claro todavía –dijo Manuel, dirigiéndose a Álvaro–, a ver ¿cómo te sentías tú después de que tenías la pelota en el bolsillo?

–Bien, no lo voy a negar, me remordió la conciencia, o sea, me sentí un poco arrepentido –dijo Álvaro–. Me sentí mal, al menos por un momento. Pero por otro lado también estaba contento porque tenía la pelota.

–Si te remordió la conciencia, entonces es una señal de que hiciste algo que considerabas malo –dijo Gloria.

–Yo no estoy de acuerdo con esto –dijo Sebastián–. Es cierto que la conciencia puede remorder, pero, si las ventajas son lo bastante grandes, a la mayoría de la gente no le va a importar mucho. Si hay mucho dinero en juego, todos se olvidarán rápidamente de su mala conciencia.

–Sí –dijo Álvaro–, yo también creo esto. Si las personas roban a menudo, la conciencia ya no les importa. Les da lo mismo.

Manuel y Camila quedaron sorprendidos por lo que Álvaro dijo. Se preguntaron si esto realmente era posible. En ese momento terminó la clase, de modo que decidieron pensar más adelante sobre el asunto.

Al día siguiente, Camila se juntó con sus amigos y les anunció:

–¡Hoy traigo yo un problema para vosotros!

–¿Qué clase de problema? –preguntaron ellos.

–Uno que me enseñó mi tío –respondió Camila–. Escuchad: supongamos que un hombre que vive en un pueblo pequeño, tiene a su hijo muy enfermo y sólo puede salvar su vida con una medicina muy escasa y cara. Supongamos, además, que el farmacéutico sabe que esta medicina es muy escasa y valiosa y por eso ha subido tanto el precio, que el padre no tiene suficiente dinero para comprarla. Además, en el pueblo sólo hay una única farmacia. Y ahora la pregunta: Si el padre robara la medicina, ¿tendría mala conciencia?

–Estoy seguro de que no tendría mala conciencia, porque se trata de salvar la vida de su hijo –dijo Sebastián.

–Yo creo que sí –dijo Álvaro–. A pesar de todo tendrá mala conciencia, aunque sólo un poco.

–Yo pienso lo mismo –dijo Gloria–. Se trata de todos modos de un robo y robar siempre me parece malo, porque no hay ninguna excusa para robar.

–Pero, en este caso –dijo Camila–, ¿no crees que hay una razón válida para robar?

–No sé –dijo Gloria–, creo que estoy algo confundida.

–El problema es que se trata de un robo y todos los robos están prohibidos –dijo Manuel–, siempre significa tomar algo que no nos pertenece y eso es algo malo.

–Esto significa –replicó Sebastián– que a pesar de que sólo así el padre puede salvar la vida de su hijo, de todos modos estaría haciendo algo malo. ¿Es eso lo que quieres decir?

–Exactamente –dijo Manuel–, aunque me doy cuenta de que si no comete el robo, es seguro que el padre se va a sentir aún peor, porque esto significa que deja morir a su hijo. Es un problema difícil, porque, hagas lo que hagas, te vas a sentir mal.

Después Manuel siguió conversando con Camila.

–No me quedó muy claro eso de que hay diversos tipos de robo –dijo Manuel–. Cuando discutimos sobre el matar, parecía que no existían distintas categorías.

–¿Quieres decir que en los homicidios no hay nada comparable con la diferencia en el robo, de si son pobres o ricos a los que se quita algo? –dijo Camila.

–Sí –dijo Manuel–. Además, en la cuestión del asesinato no se puede pensar en casos como el del supermercado o el del padre y el farmacéutico.

–O sea, porque el respeto a la vida debe ser para todos igual, ¿es esto lo que crees? –dijo Camila.

–Sí –dijo Manuel–. Además, ahora parece que hay reglas morales que son más importantes que otras y la regla de no matar es la más importante de todas.

–Pero entonces, ¿no era justificado que el padre robara el medicamento?– preguntó Camila.

–Tal vez tengas razón.

3

¿Siempre está prohibido hacer sufrir a los demás?

Manuel se sentía inquieto y caminaba de un lado para otro en el patio. El alboroto alrededor suyo le dejaba indiferente. Los pensamientos que pasaban por su cabeza le atormentaban. Las últimas conversaciones con sus amigos le habían dejado muchas dudas e incertidumbres.

Hasta ahora había estado convencido de que él era una persona que siempre actuaba correctamente y que esto no era algo tan difícil. Si por alguna casualidad se presentaba un problema, él siempre encontraba una solución, recordando algún consejo o alguna conversación con sus padres o con sus compañeros. Pero los problemas que habían estado discutiendo en los últimos días le parecían demasiado complicados. Por primera vez empezó a darse cuenta de que actuar correctamente, actuar moralmente, podría llegar a ser una de las tarea más difíciles que existen.

De repente, algo ocurrió en el patio que le llamó la atención. Un grupo de niños chicos estaban jugando a la pelota. De pronto, Raúl atravesó el patio corriendo. Era mucho más alto y fuerte que los otros, y justo cuando uno de los niños le lanzaba la pelota a otro, Raúl la atrapó en el aire y se la llevó. Entonces los niños corrieron enfadados detrás de él gritándole:

–¡Devuélvenos la pelota!

Pero Raúl empujó a uno de los niños con tanta fuerza que cayó al suelo, y lanzó la pelota al otro extremo del patio.

Manuel se indignó muchísimo por esto y reaccionó:

–¡Oye!, ¡déjate de bromas! –le gritó y acercándose a él le dijo con firmeza–: Tú no debes hacer eso.

–¿Por qué no? –dijo Raúl, con un tono insolente.

–Porque está mal –replicó Manuel–. ¿Qué pasaría si una persona más grande que tú te maltratara a ti?

Raúl ni siquiera le contestó, hizo un gesto despectivo y se marchó.

–No te enojes tanto –le dijo Álvaro a Manuel, una vez que Raúl se había alejado–. Lo que pasa es que este niño no está bien de la cabeza y se cree que es un matón.

Pero, de momento, no había manera de que Manuel se calmara.

Por la tarde conversó con sus padres sobre las preguntas que se habían acumulado en su cabeza.

–¡Papá! –dijo–, ¿no crees que causar sufrimiento a los demás es algo que nunca debiera estar permitido?

El padre se tomó algún tiempo antes de responderle.

–Bueno, hijo –comenzó diciendo–, esto no está tan claro.

–¿Por qué no? –preguntó Manuel extrañado.

–En primer lugar, es obvio –continuó el padre–, que existen sufrimientos que de hecho son necesarios.

–¿En qué estás pensando? –dijo Manuel.

–Mira –dijo su madre, que estaba sentada con ellos–, cuando tú eras un niño pequeño te enfermaste gravemente de amigdalitis y tuvimos que darte rápidamente una medicina para que no te agravaras más. La única manera de hacerlo era mediante una inyección. Tú tenías mucho miedo a las inyecciones, pero tuvimos que ponerte esa inyección de todos modos, así que era inevitable provocarte un sufrimiento; pero era un sufrimiento necesario porque eso te ayudaba a curarte.

–Ese ejemplo es muy bueno –dijo el padre.

–Es verdad –dijo Manuel.

–Hay sufrimientos –continuó su padre–, que son necesarios porque se hacen por el bien de alguien. En particular, son los sufrimientos que te provocan los médicos para sanarte. Sólo has de pensar en los dentistas.

Manuel se estremeció sólo de recordar el ruido de las máquinas de los dentistas. Con una sonrisa desafiante dijo a su padre:

–Cuando te duelan los dientes, te enviaré inmediatamente al dentista... ¡por tu propio bien!

–Agradezco tu sincera preocupación por mi salud –contestó su padre riendo–, pero las personas mayores somos autónomas y tenemos el derecho de decidir por nosotros mismos lo que nos conviene y lo que no nos conviene.

Todos estaban de buen humor, la familia comenzó a hablar de otros asuntos y también Manuel parecía distraerse y olvidar del tema. Pero al cabo de poco recordaba una conversación con Sebastián y Álvaro sobre la violencia en las películas de guerra. En muchas de ellas se suele mostrar cómo se maltrata a los prisioneros. De pronto le pareció evidente que este maltrato es una manera de causar un sufrimiento innecesario. Enseguida pensó en la escena en que Raúl les había quitado la pelota a los niños. ¿No se parecía a los militares que maltratan por capricho a los prisioneros?

–Papá –dijo entonces Manuel–, tú sabes que a veces, en las películas de guerra se muestra cómo se maltrata e incluso se tortura a los prisioneros. ¿Por qué está mal hacer eso?

–Pues, verás –respondió su padre–, en el caso de los malos tratos a los prisioneros de guerra existen convenios internacionales que lo prohiben.

–Sí, claro –insistió Manuel–, pero, ¿por qué los prohiben los convenios internacionales? –y él mismo se sorprendió de su rapidez en descubrir que se trataba de una respuesta evasiva.

El padre miró a Manuel con un íntimo orgullo. Se dio cuenta de que su respuesta no resolvía la dificultad. Estaba sorprendido y al mismo tiempo contento al comprobar la perspicacia de su hijo y su persistencia para lograr una respuesta.

–Bueno –dijo–, déjame reflexionar un poco más a fondo. Los prisioneros de guerra están indefensos y no pueden hacer daño. El maltratarlos en esta situación es simplemente un acto de crueldad.

–¿Podríamos decir que sería causarles un sufrimiento innecesario? –preguntó Manuel, pensando en los médicos y los dentistas.

–Eso depende –dijo el padre–. Los guardias podrían decir que el maltrato es necesario para que se porten bien.

–Pero en todo caso ese maltrato es muy distinto del sufrimiento que nos causan los médicos y los dentistas –replicó Manuel.

–Eso sí hay que admitirlo –reconoció su padre–. Esto parece mostrarnos que la palabra «necesario» no es suficiente para aclara lo que significa lo malo del maltrato. Deberíamos haber dicho que a los prisioneros se les causa un sufrimiento que no es necesario para su propio bien y es por eso que el maltratarlos es inmoral.

–¿Y qué ocurre si se les tortura? –preguntó entonces Manuel.

–¡Por Dios! –exclamó el padre–, eso es todavía peor. Piensa que un prisionero ya está sufriendo un mal. Si encima se le tortura, se le causa un sufrimiento adicional y, además, una terrible humillación. Se le trata como si no fuera un ser humano.

Manuel quedó impresionado por la expresión de rechazo en la cara de su padre y durante un rato quedó callado. Luego dijo:

–Tienes razón, papá –pero no parecía muy convencido. Su padre advirtió que algo no había quedado del todo claro, por lo que añadió:

–Mira, hijo, lo que los vigilantes de los prisioneros tendrían que preguntarse siempre que actúan es qué pensarían si ellos fueran los prisioneros. ¿Les gustaría ser torturados? Tan pronto como ven que eso sería algo malo para ellos, comprenderán que es igualmente algo malo para todo el mundo.

Esta respuesta de su padre fue un gran alivió para él. ¿Acaso no había dicho hace muy poco algo muy similar a Raúl, cuando éste les quitó la pelota a los niños más chicos? Concretamente le había preguntado qué diría él si alguien mayor que él le hiciera eso.

Al día siguiente, antes de comenzar las clases, Manuel se sentó en un banco en el patio del colegio.

–¡Hola! –dijo Camila, mientras se sentó a su lado, comiendo una manzana.

–¿No tienes la sensación –dijo Manuel un poco precipitadamente– de que resulta bastante difícil comprender qué significa realmente actuar moralmente mal? Antes nunca hemos pensado lo suficiente en eso.

A continuación, Manuel le contó la conversación con sus padres sobre el sufrimiento necesario para el propio bien. Camila se quedó pensativa, pero en ese momento se le vino a la menta algo que le había contado su madre.

–Mi madre tiene una amiga, Rebeca, que nunca se casó. Durante algún tiempo había salido con un hombre, del cual estaba muy enamorada. Él la quería, pero no estaba realmente enamorado de ella, de modo que se casó con otra mujer. Rebeca sufrió mucho por esto y, al parecer, por eso nunca quiso casarse con nadie. A veces me pregunto si aquel amigo actuó correctamente al casarse con otra. ¿No crees que debería haberse preguntado cuánto sufrimiento le iba a causar a Rebeca?

Manuel no contestó, pero la pregunta de Camila lo hizo pensar más profundamente en la situación. Era evidente que Rebeca había sufrido mucho por la decisión de ese amigo. Además, de ningún modo se podría decir que este sufrimiento era para el bien de ella. Sin embargo, el amigo de Rebeca no parecía haber actuado de manera no moral. Este era un problema nuevo y realmente difícil de resolver, porque el criterio que Manuel se había construido para la mala acción ya no parecía claro. ¿Había actuado con crueldad el amigo de Rebeca? ¿Era responsable de que ella sufriera? Manuel no sabía cómo responder a estas preguntas.

En ese momento sonó la campana. Comenzó una clase de artes manuales y todos los alumnos trabajaron en silencio. Al final de la clase la mayoría guardó las herramientas en los cajones, sólo Álvaro tenía prisa, como siempre, para salir al patio a jugar. Dejó algunas cosas sobre su mesa de trabajo, entre ellas un cuchillo de talla. Margarita no se dio cuenta y cuando se apoyó en esta mesa se hizo un corte en el dedo y comenzó a sangrar. El profesor se enojó mucho y hizo una anotación sobre Alvaro en el libro de clase por conducta irresponsable. Álvaro protestó porque opinaba que no había una razón para castigarlo.

–No debiste dejar el cuchillo en la mesa –dijo Gloria–, es muy peligroso.

–Pero ¿qué quieres? –exclamó Álvaro irritado– ¡Margarita debería haberse fijado mejor! Ella misma tiene la culpa.

–Estás equivocado –dijo Manuel–. Tú eres responsable por tus cosas y deberías guardarlas. Más aún si con ellas la gente se puede hacer daño. ¿Cómo podía saber Margarita que en tu mesa había un cuchillo tirado? Uno normalmente se apoya en una mesa sin fijarse mucho.

–Pero yo lo hice sin ninguna intención de causar daño o sufrimiento –protestó Álvaro.

–No. Seguro que no tenías la intención de hacerle daño –dijo Camila–, pero tu deber era prevenir el daño. Es por eso que uno debe dejar sus cosas ordenadas y tú no lo hiciste.

–Lo que pasa es que Margarita es un poco boba –insistió Álvaro.

–Vamos a ver –dijo Sebastián–. Supón que te subes al techo de tu casa para reparar algo y se te cae el martillo justo en el momento en que abajo en la calle está pasando una persona. ¿De quién es la culpa?

Álvaro se quedó callado, pero se notaba que estaba reflexionado más que antes.

–¿Dirías que la culpa es de la persona que camina por la calle? –insistió Manuel–. ¿Crees que debió ir mirando hacia arriba por si llovía martillos?

Álvaro seguía callado.

–Aunque lo hayas hecho sin intención –concluyó Camila–, eres el responsable, porque el daño fue causado por tu acción.

–Pues sí –admitió finalmente Álvaro con resignación–, creo que tenéis razón. Pero de todos modos, Margarita podría haberse aguantado un poco. ¡No era para tanto!

–¡Tú nunca vas a cambiar! –dijo Gloria con un suspiro y todos se rieron, incluso Álvaro.

Camila volvió a llevar la conversación a cosas más serias:

–Si no queremos causarles daño a los demás, ¿no creen que deberíamos preocuparnos del sufrimiento que podemos causar sin tener la intención de hacerlo?

–¿Qué quieres decir? –preguntó Sebastián.

–Creo que, en general, no solemos causarle intencionadamente un sufrimiento a otra persona –dijo Camila–. Pero a veces, como acaba de pasarle a Álvaro, somos negligentes y sin querer les producimos un daño a los demás.

–Sí, tienes toda la razón –dijo Gloria–, deberíamos esforzarnos para evitar el sufrimiento que causamos a los demás, ya sea de un modo intencional o, de un modo indirecto, a causa de nuestro descuido. También esperamos de los demás que no nos hagan daño por negligencia. Lo que exigimos a otros, se debe exigir a todos, y por tanto también debemos exigirlo a nosotros mismos.

–Por supuesto –dijo Camila–, todos queremos sentirnos seguros y no tener que estar preocupados del sufrimiento que nos pueden causar las personas descuidadas –y se quedó pensativa, porque le vinieron a la mente imágenes de accidentes de tránsito.

–Creo que las dos tenéis razón –dijo Sebastián y luego agregó–, no sería una vida muy divertida tener que estar siempre preocupado de si hay cuchillos en las mesas o martillos que caen del cielo.

Álvaro lo miró de reojo, pero no se enojó.

Manuel había estado escuchando toda la conversación en silencio. Lo que Camila dijo sobre la imprudencia le había traído de nuevo a la memoria el problema del amigo de Rebeca. No entendía por qué, pero ese problema le obsesionaba. Se daba cuenta de que el amigo no era responsable del sufrimiento de Rebeca, pero, por otra parte, era evidente que él había sido la causa del sufrimiento de Rebeca y que podría haberlo evitado. Habría que decir entonces que el amigo de Rebeca había sido imprudente?

De pronto tuvo la sensación de que no descansaría hasta saber con certeza si el amigo de Rebeca se había comportado inmoralmente con ella o no. De manera que, cuando entraron de nuevo en el aula, no pudo resistir la tentación de hablar sobre el tema.

–Señor Sepúlveda –dijo entonces Manuel–, ¿le puedo hacer una pregunta?

–Sí, por supuesto –dijo el Señor Sepúlveda intrigado.

–¿Es malo causar sufrimiento a otras personas? –preguntó Manuel.

–¡Ya lo creo! –dijo el Señor Sepúlveda–. ¿Acaso no crees tú lo mismo?

–Últimamente me siento confundido –dijo Manuel–. Por una parte, me parece que causar sufrimiento a los demás es actuar como un matón, o sea, es causar a los demás un dolor innecesario o impedirles, arbitrariamente, que disfruten de las cosa. Pero hay otros casos que son más complicados.

–¿En qué estás pensando exactamente? –preguntó el Señor Sepúlveda.

Manuel miró a Camila y le pidió que les contara a todos la historia que le había contado a él sobre la amiga de su madre. Todos escucharon con mucho interés el relato. Cuando Camila terminó, el Señor Sepúlveda se quedó pensativo y luego les dijo:

–El tema del sufrimiento es realmente complejo. No es extraño que estés confundido. El relato de Camila nos hace ver que hay sufrimientos que se producen casi inevitablemente. El amigo de Rebeca con toda seguridad no tenía la intención de hacerle daño.

–Pero igual se lo causó –dijo Camila con firmeza.

–Es verdad –dijo el Señor Sepúlveda–, pero no lo hizo para hacerla sufrir.

–¿Quiere usted decir que si uno no tiene la intención –preguntó rápidamente Sebastián–, no importa que les provoque sufrimiento a los demás?

–No, por supuesto que no es eso lo que quiero decir –dijo el Señor Sepúlveda, e inclinó la cabeza, apoyándola sobre el puño para concentrarse profundamente. Se había dado cuenta de que su respuesta era insatisfactoria y que debía precisar mejor lo que quería decir.

–Hay cierto tipo de sufrimientos que no se pueden evitar –continuó diciendo el Señor Sepúlveda–, aunque todos quisieran que nunca se produjeran.

–¿Sería un sufrimiento como el que padecemos cuando tenemos que ir al dentista? –preguntó Manuel extrañado.

–No –dijo el Señor Sepúlveda–, no me refiero a ese tipo de sufrimiento.

–¿Como venir todos los días al colegio, entonces? –dijo Álvaro y todos se rieron.

–Por favor –dijo el Señor Sepúlveda–, si comenzamos a hacer chistes no podemos reflexionar sobre temas serios.

Álvaro agachó la cabeza avergonzado y se quedó en silencio.

–Lo que estoy tratando de decir tal vez se puede comprender mejor si lo comparamos con los juegos de competición en el deporte. El fútbol, por ejemplo, o mejor el tenis, porque en este caso no hay empates: un jugador gana y el otro pierde. Por lo tanto, necesariamente alguien tiene que salir perjudicado –el Señor Sepúlveda recalcó la palabra necesariamente–. El perdedor sufre, pero se trata de un sufrimiento inevitable –continuó diciendo–, porque el ganador no intenta causarle sufrimiento a su oponente, eso es algo que se produce como consecuencia del hecho de que él quería ganar.

–Usted quiere decir –dijo Camila–, que el ganador no es responsable de que el perdedor sufra.

–Exactamente –dijo el Señor Sepúlveda–, es parte de las reglas del juego el que uno gane y otro pierda. Si el perdedor sufre por esto, entonces se trata de un problema de él, no del ganador. ¿No lo crees tú así?

Camila no contestó, pero no parecía convencida. Ella consideraba inconcebible que el amigo de Rebeca no fuese en cierto modo responsable del sufrimiento de ella.

Manuel tampoco dijo nada, pero a él sí lo dejó satisfecho lo que el Señor Sepúlveda había dicho, porque estaba convencido de que el amigo de Rebeca no podría haberle ahorrado el sufrimiento.

Sebastián, sin embargo, no estaba satisfecho.

–No puedo comprender por qué el ganador no debería ser responsable de los sentimientos del perdedor –dijo con énfasis. Cuando yo voy manejando un automóvil y atropello a alguien por un descuido, soy responsable, aunque no haya tenido la intención de atropellarlo.

–Es que las dos situaciones son del todo diferentes –dijo el Señor Sepúlveda.

–¿Por qué son diferentes? –preguntó Sebastián–, en ambos casos una persona le causa un sufrimiento a otra, aunque sin tener la intención de hacerlo.

–De acuerdo, las dos situaciones tienen algunas similitudes –respondió el Señor Sepúlveda–, pero hay una importante diferencia, que se puede ver claramente si uno se pone en el lugar del que sufre.

–¿Cómo es posible hacer eso? –intervino Manuel.

–Si una persona es atropellada –dijo entonces el Señor Sepúlveda–, ella podría quejarse con razón de que el conductor no fue lo bastante atento. Pero si alguien pierde un partido, en cambio, sería extraño que se quejara de que uno era el ganador, porque eso significaría que nunca nadie podría ganar y eso incluiría también al perdedor.

–Eso significaría –dijo Manuel–, que no podría estar permitido ningún juego en el que una persona le gane a otra.

–Exactamente –dijo el Señor Sepúlveda–, y seguramente nadie querría eso, porque a todos nos gusta disfrutar del placer de competir y ganar. Una acción descuidada, en cambio, es algo que nunca deberíamos cometer.

–Es cierto –dijo Sebastián.

–En verdad, sería bastante aburrido si se juega y no se puede ganar –dijo Álvaro–. Pero aquellos juegos en los que sólo se empata son todavía peores. ¡Qué aburrimiento!

–O los solitarios –agregó Gloria–, por lo menos el solitario que juega mi abuelita, porque siempre le sale.

–Tampoco podrían haber sorteos –reflexionó Álvaro–, porque todos los que pierden se quedarían tristes. Aunque, por otra parte, para una cosa serían bastante buenos.

–¿Para qué en concreto? –preguntó Gloria.

–Porque nunca podrían reprobarnos en un examen –respondió Álvaro–, siempre que tuviéramos que hacer un examen o un trabajo todos aprobaríamos y así, nunca nadie sufriría –y miró cándidamente al Señor Sepúlveda.

Todos se rieron. El Señor Sepúlveda también se rió por la ocurrencia de Álvaro. Se daba cuenta de que la discusión había sido muy intensa y los alumnos estaban cansados.

A la salida de la escuela, Camila se desahogó con su amiga Gloria.

–¿Qué te parece a ti la situación de Rebeca? –preguntó Camila.

–Es algo muy triste –respondió Gloria.

–Sí, es muy triste –reiteró Camila–, pero, ¿no te parece que el sufrimiento de Rebeca era innecesario?

–No lo sé –dijo Gloria y agregó–, pero siempre sucede cuando dos personas, que han sido muy amigas, se alejan. Una sufre más que la otra. Eso es lo que siempre vemos en la televisión y en las historias de amor. ¿Por qué no se lo preguntamos a mi madre? Ven a mi casa esta tarde. Seguro que ella estará muy contenta.

A Camila le pareció una excelente idea. Llamó a sus padres por teléfono y les pidió permiso para quedarse a dormir en la casa de su amiga Gloria. Así podían pasar todo el tiempo sin que nadie les molestara. Cuando llegó la madre de Gloria las tres se sentaron juntas y comenzaron a conversar.

Una vez que terminaron de contarle la historia de Rebeca, Camila le preguntó ansiosa:

–¿Usted cree que el amigo de Rebeca actuó moralmente correcto?

–Por supuesto –contestó la madre de Gloria–. El matrimonio es algo muy serio, de manera que si él no estaba realmente enamorado, hizo muy bien en no casarse con ella. Aunque no se hubiese casado con otra mujer, tenía que separarse de Rebeca por el propio bien de ella.

–Pero él no tuvo para nada en cuenta el sufrimiento de Rebeca –insistió Camila.

–Eso no lo sabemos –dijo la madre–, ¿no es cierto?, pero entiendo lo que te perturba. Te parece inaceptable que Rebeca sufra.

–Sí, exacto –dijo Camila–, ella no hizo nada malo y, de pronto, toda su vida quedó destrozada.

–Bueno –dijo la madre de Gloria–, es verdad que uno no debe hacer sufrir inútilmente a las personas, pero en casos como éste el sufrimiento es inevitable.

–¿Por qué? –preguntó Camila–, no lo entiendo.

–Porque se trata de amor –respondió la madre de Gloria–. Si tú amas a otra persona, tú esperas que ella te corresponda libremente. Pero no puedes obligarla a que te ame, por muy enamorada que tú estés.

–Es verdad –dijo Gloria interviniendo–, no se pueden forzar los sentimientos.

–Esto sucede –dijo la madre de Gloria–, porque el amar y el ser correspondido son sentimientos que las personas sólo pueden experimentar libremente. El amigo de Rebeca no es responsable de su sufrimiento a pesar de que él lo causó.

Camila quedó muy impresionada por este argumento.

–O sea que el amigo de Rebeca no tiene la culpa de que ella sufra –agregó lentamente.

–Claro que no –reiteró la madre de Gloria–. Lo que ocurre es que no se puede eliminar toda forma posible de sufrimiento. Piensa cómo sería el mundo si en él no hubiera ningún sufrimiento. Sólo se podría amar a alguien si se tuviera ya antes la seguridad de ser plenamente correspondido y, además, de que no hubiera una tercera persona que sufra por eso. ¿Querrías vivir en un mundo así?

–No, por supuesto que no –dijo Camila reflexionando.

–Sería un mundo muy extraño también en otros aspectos –dijo Gloria–. No se podría permitir ningún tipo de competición –agregó, pensando en lo que habían conversado en el colegio.

–¿Por qué dices eso? –preguntó su madre, un tanto sorprendida.

–Es que el Señor Sepúlveda nos explicó –dijo Gloria–, que en un juego en el que alguien gana, el que pierde suele sufrir. En consecuencia, si se quiere eliminar el sufrimiento no se podrían permitir esos juegos.

–Es verdad –dijo la madre de Gloria–. Pero esto tendría, además, otras consecuencias extrañas en la vida diaria. Si estoy haciendo cola en la taquilla de un cine, no podría comprar el último boleto, porque eso le produciría un sufrimiento a las personas que están detrás de mí. Incluso, se puede ir aún más lejos. Si una persona toca muy bien el violín, no podría hacerlo, porque eso podría provocarle un sufrimiento a los que se esfuerzan por tocar como él y no lo logran.

–Sí, ahora comienzo a entender –dijo Camila–, un mundo sin ningún sufrimiento sería absurdo. Ni siquiera en un mundo ideal se pueden eliminar todas las formas de sufrimiento.

–Claro –dijo la madre de Gloria–. Podemos prescindir incluso de las enfermedades y otros sufrimientos que no nos provocan otras personas. Pero ciertos sufrimientos se producen por algo que tú deseas hacer, sin que tengas la intención de provocar ese sufrimiento y sin que lo hayas provocado por descuido. Es la otra persona la que sufre por lo que tú haces, pero entonces es fundamentalmente un problema de ella.

–Y si yo tratara de evitar ese sufrimiento –completó Camila–, tendría que eliminar cosas que son muy importantes para todos, como ganar en un juego, tocar muy bien un instrumento musical o amar y ser libremente correspondido.

Aunque Camila estaba de acuerdo, todavía no estaba muy segura. Gloria se lo vio en la cara.

–¿Todavía no estás convencida? –le preguntó a su amiga.

–No. No puedo dejar de pensar en el sufrimiento de Rebeca –dijo Camila.

–Es verdad que la acción de alguien es inmoral si no podemos querer que nosotros mismo la suframos –explicó la madre de Gloria–. Pero ese *no lo podemos querer* debe entenderse como una regla general que vale para todos: no queremos que nadie actúe así. Si Rebeca hubiese pensado cómo se comportaría ella misma si estuviera en el lugar de su amigo –continuó la madre de Gloria–, se hubiera dado cuenta de que no querría casarse sin estar enamorada. Entonces, no podría existir una regla general que dijera que las personas se comporten de la manera esperada por la persona enamorada. Por consiguiente, tampoco le podría reprochar a su amigo lo que hizo, sólo porque ella se encuentra en el lado del perdedor. ¿Lo comprendes, Camila?

–Finalmente, sí. Ahora me doy cuenta –dijo Camila aliviada–. Lo que importa es que se puede generalizar la regla.

La madre de Gloria se sonrió. –Me parece que ahora lo he dicho bien, –continuó diciendo–. Sólo podemos reprocharle a alguien si él o ella no actúa como queremos que se actúe en general. Por supuesto, Rebeca quisiera, en su caso particular, que las cosas hubiesen resultado de otra manera, pero no lo puede querer como una regla general y, por consiguiente, no se lo puede reprochar a su amigo.

Camila y Gloria estaban contentas con este resultado, pero de tanto pensar estaban cansadas y poco después se fueron a dormir.

La mañana siguiente, mientras caminaban hacia el colegio volvieron a hablar del tema.

–¿Qué piensas ahora del amigo de Rebeca? –dijo Gloria.

–Creo que hizo lo correcto –dijo Camila.

–¿No crees que debería sentirse culpable? –insistió Gloria.

–No, no lo creo –dijo Camila–. Me doy cuenta de que no hay nada que reprocharle. Incluso si no se hubiera casado con otra debería haber roto tal vez la amistad con Rebeca cuando se dio cuenta de que ella estaba enamorada de él. Ya lo dijo tu madre ayer. Una relación asimétrica no es buena para ninguno de los dos.

4

Compromisos y engaños

Camila no podía dejar de pensar en lo que le había hecho entender la madre de Gloria: la finalidad de la moral no consiste simplemente en reducir el sufrimiento en el mundo. Pero, si esto es así, se preguntaba, ¿cómo puedo saber qué acciones son permitidas o no? De pronto pensó que sería una buena idea hacer una lista de acciones inmorales y luego decidir si faltaba alguna. Para esto necesitaba la ayuda de todos sus amigos. Y así, cuando volvió a encontrase con ellos, les preguntó sin rodeos:

–Después de todo lo que hemos estado conversando últimamente, ¿creen que hemos logrado un resultado concreto? ¿Cuáles serían ahora todas las acciones que deberían estar prohibidas? Me gustaría hacer una lista para que estemos seguros de que no hemos pasado por alto algo importante.

–Bueno –dijo Manuel–, ¿por qué no revisamos todo lo que hemos dicho? ¿Qué acciones decimos que son malas bajo todas las circunstancias?

–En cualquier caso causar sufrimiento a las demás personas –dijo Gloria–, ya sea deliberadamente o por imprudencia.

–Correcto –dijo Manuel–, pero también hay acciones que, aunque no causen un sufrimiento directo, deberían estar prohibidas.

–¿A qué te refieres? –preguntó Álvaro.

–Hemos visto que hay daños que no tienen que estar necesariamente relacionados con sufrimientos –contestó Manuel–. Por ejemplo, matar. Aunque es el mayor daño que se puede causar, se puede matar sin provocarle ningún sufrimiento a la víctima y sin que ni siquiera se dé cuenta. Sin embargo consideramos el asesinato como el peor crimen.

–También robar –dijo Camila–, es algo que puede hacerse sin que la otra persona se dé cuenta y, por lo tanto, sin causarle un sufrimiento.

–Entonces –intervino Sebastián–, existen dos tipos de daño, unos que provocan sufrimiento y otros que no lo provocan.

–Claro –dijo Camila–, tienes razón. La muerte y el robo son tipos de daño que pueden no causar sufrimiento. Pero hay otras formas de dañar que simplemente consisten en causar sufrimiento.

–¿Cómo cuáles? –dijo Gloria.

–Como golpear o torturar –contestó rápidamente Camila.

–¿Y qué te parece secuestrar? –preguntó Sebastián–. Ahí tienes daño físico y daño psicológico.

–Pero alguien te podría secuestrar sin provocarte ningún sufrimiento físico y casi ningún daño psicológico –dijo Álvaro.

–Es posible –dijo Manuel–, pero el daño mayor en ese caso sería la privación de tu libertad. Además, me parecería raro que no se produjera un daño psicológico.

–¿Y qué pensáis del caso de esconderle un juguete a un niño chico? ¿O si no se deja a alguien participar en un juego en el que todos los demás sí participan? –preguntó Camila.

–Estos dos ejemplos significarían en todo caso producir un sufrimiento –dijo Gloria–, aunque no se cause ningún dolor físico.

–¿En qué consistiría, en ese caso, el daño? –preguntó Sebastián.

–En impedirle disfrutar de algo que le gusta –dijo Camila–. Es lo mismo que cuando no te dan permiso para ir a una fiesta, sin ningún motivo justificado.

–Por cierto, yo conozco también otros daños que no causan sufrimientos, a menos que la persona se entere –dijo Manuel.

–¿En qué estás pensando? –preguntó Camila.

–En hablar mal de otra persona a sus espaldas –dijo Manuel–. Mientras yo no me entere de que han hablado mal de mí, no sufro, pero aun así se me ha hecho un daño.

–Y decir cosas hirientes o insultar a alguien en su cara también es causar un sufrimiento –dijo Gloria.

–Eso depende de cómo uno lo tome –dijo Sebastián–. Sí a mí me insultan y me dicen cosas muy hirientes y eso no me importa, no me causarán ningún sufrimiento.

–¿Qué quieres decir –preguntó Manuel–, que los insultos pueden pertenecer a los dos tipos de daño, es decir a los que causan sufrimiento y a los que no lo causan, dependiendo de cómo los tome la persona?

–Sí, eso digo –contestó Sebastián–. Pero no veo muy claro en qué consiste el daño, cuando a mí no me importa lo que digan.

–Yo creo que, aunque a uno no le importen los insultos, hay una desvalorización de uno como persona, por lo menos ante los ojos de los demás –dijo Gloria.

–Sí, tienes razón –dijo Camila–, por eso es que las palabras hirientes y los sobrenombres despectivos nos parecen tan odiosos. Pero para volver a mi lista, ¿no les ocurren otras acciones que produzcan sufrimientos y que deberíamos agregar a ella?

–Claro. Hay bromas pesadas que causan mucho daño –dijo Álvaro–. Por ejemplo, decirle a un compañero que te has enterado casualmente por el profesor que se sacó un ocho en una prueba, cuando en verdad se ha sacado un dos. Yo hice eso una vez, y fue terrible. Mi compañero se lo tomó en serio y estaba feliz, pero cuando recibió la prueba con el dos, fue un golpe tremendo para él y se puso a llorar y no había manera de consolarlo.

–Es un ejemplo triste pero muy ilustrativo. Entonces, tendríamos que agregar los engaños y las mentiras a la lista de acciones que deben evitarse –dijo Manuel.

–¿Pero qué habría pasado –preguntó Sebastián–, si la broma hubiera sido al revés? Quiero decir ¿qué tal si Álvaro le hubiera dicho que se sacó un dos a alguien que en verdad se había sacado un ocho? En este caso, la persona habría sufrido un poco al comienzo, pero después habría estado muy feliz.

–¿Quieres decir que, aunque sea una mentira, el engaño no siempre es malo? –preguntó Gloria.

–Claro –contestó Sebastián–. Sólo si causa sufrimiento es malo el engaño.

–Quizás tengas razón –dijo Manuel–, pero no estoy seguro. Tal vez deberíamos ver otros casos.

–Otra manera de hacer sufrir es no cumplir una promesa –dijo Sebastián.

–Sí –dijo Álvaro–. Por ejemplo, una vez mi tío me prometió llevarme al estadio si yo me sacaba un siete en matemáticas. Total que yo casi me maté estudiando para la prueba y me saqué un siete, pero a mi tío se le olvidó lo que me había prometido. Yo me quedé esperándolo todo el domingo, pero él no llegó y a mí me dio mucha rabia.

–Mentir y no cumplir las promesas es algo que está mal, es algo que nunca debe hacerse –dijo Gloria.

–Yo creo que Gloria tiene razón –dijo Manuel–, las promesas que no se cumplen y las mentiras no pueden ser consideradas malas sólo cuando producen sufrimiento. Aunque no lo produzcan, ya hay algo malo en ellas.

–No estoy de acuerdo con eso –dijo Sebastián–, si no se causa un sufrimiento, mentir, engañar o no cumplir una promesa, no causarían ningún daño.

La clase siguiente era con el Señor Ramírez, profesor de Historia. El Señor Ramírez era muy amable y siempre estaba tratando de hacerlos reflexionar. Por esta razón, no dudaron en pedirle ayuda.

–Señor Ramírez –dijo Manuel–, ¿podría ayudarnos a resolver un problema?

–Si es algo importante, con mucho gusto –dijo el Señor Ramírez.

Manuel le pidió a Álvaro que contara lo que le había ocurrido con su tío y cuando Álvaro terminó su relato, Manuel preguntó:

–Si Álvaro no hubiera esperado a su tío se hubiera ido al estadio con unos amigos ¿se habría producido algún daño?

–Depende de lo que se entienda por daño –dijo el Señor Ramírez y se quedó pensativo por un momento. Luego dijo: –En contraste con matar, robar y causar sufrimientos, el engaño, la mentira y también el romper las promesas son otro tipo de acciones inmorales. En éstas ya no se trata de la vida, los bienes o la integridad de otra persona.

Cuando uno hace una promesa, asume un compromiso con otra persona. Si uno no cumple su promesa, ha abusado de la confianza que él mismo ha despertado en el otro. Esta misma estructura también encontramos en las mentiras, porque siempre que hablamos con otra persona, presuponemos que tiene confianza en nosotros, que nos cree. Es de esta confianza, de la que abusamos cuando decimos algo falso, y en especial cuando prometemos algo y luego no lo cumplimos. Ahora, para volver a la pregunta de Manuel, tendría que decir que el daño, en este caso, consiste precisamente en ese abuso de confianza. Es decir, aún cuando no se sigan consecuencias dolorosas, se ha producido un daño.

Camila quiso poner un ejemplo:

–Señor Ramírez, hace poco, me pasó algo muy vergonzoso, cuando también dejé de cumplir una promesa.

–Cuéntanos –dijeron todos.

–El jueves pasado, una amiga me invitó al cine –dijo Camila–. El caso es que una prima le había regalado unas entradas para una película que recién se estrenaba y que era muy buena. La película era excelente y lo pasamos muy bien. Mi amiga y yo estábamos muy contentas, después les contamos la película a todos nuestros amigos y ellos nos hacían miles de preguntas. De pronto, me acordé de que unos días antes mi madre me había dicho que mi abuela estaba muy enferma y que sería bueno que la visitara. Yo quiero mucho a mi abuela y sé que ella también me quiere mucho, de manera que la llamé y le dije que, como no tenía muchas tareas, la iría a ver el jueves. La abuela preguntó al final: «¿Me lo prometes?», y yo dije evidentemente: «Sí, te lo prometo».

Desafortunadamente, la invitación de mi amiga era para el mismo día en que pensaba visitar a mi abuela.

Cuando mi amiga me invitó, me puse muy contenta y no dudé ni por un momento en ir a ver la película. Sin embargo, se me olvidó, o tal vez no le di importancia al hecho de que tenía que avisarle a mi abuela. Unos días después, cuando fui a verla, ella estaba muy triste. Yo traté de darle explicaciones, pero mi abuela no las aceptó. «¿No me habías prometido que vinieras?, me dijo. «Sí, ya lo sé», dije yo, «pero esta invitación también era importante para mí». «Ya comprendo, no te preocupes», me contestó mi abuela con tristeza, «Tenía muchas ganas de que vinieras a verme». «¿Estás enojada porque te quedaste sola?», la pregunté. «Sí, también», dijo mi abuela, «me molestó tener que estar esperándote tanto tiempo. Pero eso no es lo más importante. Cuando haces una promesa, la otra persona espera que tú la cumplas. Si yo tengo que suponer que cada vez que me dices algo, eso no significa nada, porque después tú podrías hacer cualquier otra cosa, entonces esto significa para mí que no puedo fiarme de ti. Me doy cuenta de que no me tomas en serio, y ahora lamentablemente yo tampoco te puedo tomar en serio a ti.»

Cuando Manuel llegó a su casa, conversó con sus padres sobre el tema.

–¿Por qué es tan importante cumplir las promesas? –preguntó.

–Es uno de los pilares de la convivencia humana –le contestó su padre.

–¿Por qué? –insistió Manuel.

–El problema fundamental –dijo su padre– es que si las promesas no se cumplen, se genera desconfianza y cuando las personas desconfían, sienten que la relación entre ellas deja de apoyarse en una base común firme, como si no estuvieran pisando terreno sólido. Si alguien en quien tú confías te hace una promesa y luego no la cumple, se disuelve la relación de confianza. Las promesas son un medio fundamental para poder coordinar las acciones y los sentimientos de diversas personas entre sí, pero esta coordinación se puede echar a perder por causa de la desconfianza.

–¿Qué quieres decir con esto de la coordinación de las acciones y los sentimientos de las personas entre sí? –le preguntó Manuel a su padre.

–Me refiero a cómo está organizada la sociedad –respondió su padre–. Todos dependemos de los demás para lograr nuestros fines. Por ejemplo, necesitamos que los medios de transporte sean puntuales para poder ir al colegio o al trabajo; necesitamos saber que alguien va a recoger la basura y que las tiendas estarán abiertas a ciertas horas para poder comprar víveres y así, una serie de cosas por el estilo. Si tú llevas tus zapatos al zapatero, necesitas saber que te los tendrá listos para una fecha determinada y que te cobrará el precio convenido. El zapatero también necesita saber que tú irás a retirarlos a tiempo y que le pagarás lo acordado por sus servicios.

–Ahora entiendo –dijo Manuel–. Pero todavía no me queda claro lo que dijiste de los sentimientos.

–En las relaciones entre las personas –dijo su madre–, la pérdida de confianza es aún más grave, porque si un amigo te hace una promesa y no la cumple, entonces tu amistad con él se desvanece.

Manuel pensó en la conversación que habían tenido con el Señor Ramírez y en lo que acababan de decir sus padres. Todo esto le sonaba muy familiar.

–Mira –dijo su madre–, una vez, cuando eras chico tuvimos que salir de noche y te dejamos solo por un rato. Sin embargo, te prometimos que volveríamos a una hora determinada para que no tuvieras miedo. Desgraciadamente, nos atrasamos y, como estuviste solo, te preocupaste y luego te asustaste y empezaste a angustiarte. Cuando finalmente llegamos, después de un largo rato, nos dijiste: «¡Es muy terrible lo que me han hecho! Me han dicho que vendrían pronto. ¡Nunca cumplen sus promesas! No es justo que yo tenga que cumplir mis promesa si ustedes no cumplen las suyas. He tenido mucho miedo de que les hubiera pasado algo.»

–¿Yo dije eso? –preguntó sorprendido Manuel.

–Así fue –dijo su madre.

–Tengo un recuerdo vago de haber estado asustado –dijo Manuel asombrado–, pero no me acordaba de que había sido capaz de reprocharles su conducta. ¿Qué ocurrió entonces?

–Te pudimos tranquilizar porque no había pasado nada grave. Es cierto que nos atrasamos, pero tienes que entender que la situación de los padres no es la misma que la de los hijos. Los adultos tienen obligaciones que muchas veces les impiden cumplirles las promesas a los niños.

–No estoy de acuerdo con eso –replicó inmediatamente Manuel. Ahora recuerdo también por qué me irritó tanto toda esta situación. Pienso que los chicos tienen los mismos derechos que los adultos. Cuando los adultos prometen algo, también deben cumplirlo. ¿Por qué un chico no debería poder exigir que lo hagan?

–Tienes toda la razón –dijo su padre. Nosotros dimos un mal ejemplo en aquella ocasión. No pasó nada grave, pero tu confianza en nosotros sufrió un daño y esto no es poca cosa, pues esta confianza es muy importante para los niños. Ya los bebés aprenden que la madre siempre vuelve cuando no la pueden ver durante un momento. Si los padres decepcionan muchas veces a sus niños con promesas que no cumplen, los niños después tendrán dificultades en mantener contactos íntimos con otras personas. En la convivencia humana la confianza siempre es lo más importante. Si los niños crecen sin confianza, se convierten rápidamente en grandes egoístas.

–Es cierto, –dijo Manuel y al mismo tiempo volvió a pensar en la discusión durante la clase del Señor Ramírez.

–Es como en los juegos, –dijo el padre. Si alguien usa las reglas siempre a su favor, pronto nadie querrá jugar con él.

–Bueno –respondió Manuel–, pero esto no es algo tan importante.

–No lo creas –dijo el padre–. El comportamiento en la convivencia social se parece mucho a los juegos. Hay reglas que no se dicen pero que debemos respetar, y los trucos o engaños no son permitidos.

–¿Qué significa realmente engaño? –preguntó Manuel.

–Un engaño –dijo el padre– es una ventaja que alguien se procura de manera que otra persona es estafada y sufre un daño.

–¿De qué manera? –preguntó Manuel.

–Pues, por ejemplo, cuando alguien falsifica documentos. O cuando en una situación determinada se callan informaciones importantes. O cuando se explica a otras personas el contenido de una conversación confidencial. O entre ustedes en la escuela, cuando alguien copia de otro en un examen. O cuando uno dice que está enfermo y se queda en casa el día que hay una prueba importante, aunque está sano. También pasa a menudo que al final de clases no se juzga los alumnos de manera justa.

–Los que hacen esto deberían ser castigados –dijo Manuel.

–Sí, tienes razón –contestó el padre–. Pero creo que todo esto es aún mucho más grave cuando alguien que es engañado así no se da cuenta.

–Si, tienes razón –dijo Manuel–. Esto es como los trucos secretos en los juegos.

–Ahora lo ves –dijo el padre. Y hace un momento pensabas que estos trucos no eran tan importantes. En el juego también se aprende cómo comportarse en la sociedad. Imagínate que alguien, por ejemplo tú mismo, ha ganado en un juego sólo con engaños. ¿Tú crees que estarías contento de haber ganado el juego así?

–¿Por qué no, si fuera lo bastante descarado? –contestó Manuel.

–Pero supongamos que no has jugado por dinero –insistió el padre–, es decir que tu engaño no te ha dado una ventaja material y tu única intención era ganar. De esta manera, en la conciencia de los otros eres el ganador, pero no en tu propia conciencia. Aunque nadie se da cuenta y por eso nadie te critica, no podrás disfrutar de tu victoria aparente porque sabes que de hecho no has ganado. En este ejemplo puedes ver que también en el juego siempre es necesaria la confianza y que se respeten todas las reglas. Si no se puede tener esta confianza, el juego pierde su sentido.

El día siguiente, cuando tenían una clase con el Señor Ramírez, él preguntó si habían reflexionado sobre la discusión del día anterior.

–Sí –dijo Camila–, y me di cuenta de que todavía no veo muy claro el problema del daño. Entiendo que también con un engaño se puede causar un daño, como el de perder la confianza y con independencia de si además tiene otros efectos. Pero ¿qué pasa si la persona a la que se engaña no se da cuenta? No significa el concepto de «pérdida de confianza» también que alguien debe darse cuenta de que se ha abusado de su confianza?

–Vamos a examinar esta pregunta en un ejemplo –dijo el Señor Ramírez–. Como saben, en el matrimonio se piensa mucho en la fidelidad y la infidelidad. Y se escucha muchas veces que un pequeño salto no es tan importante mientras el otro no lo sabe. Entonces el abuso de confianza no se notaría. ¿Piensan que un adulterio de este tipo sería permitido?

–¡De ningún modo! –exclamó Gloria–.¡Esto no debe hacerse nunca! Porque así se rompe una promesa que se ha dado. Yo creo que sería terrible para la otra persona, si llegara a saberlo.

–Tal vez –dijo el Señor Ramírez–, deberíamos ponernos en esa circunstancia. ¿Qué ocurriría si la persona se enterara por otros de que su cónyuge le es infiel?

–A mí me parece –dijo Gloria–, que la ruptura de la confianza le produciría sufrimiento y rabia.

–Y esta pérdida de confianza sería todavía peor, si la otra persona ni siquiera admite su infidelidad –dijo Camila.

–Pero supongamos que una persona sólo sospecha que está siendo engañada –dijo el Señor Ramírez.

–Eso sería sólo un problema de ella –dijo Álvaro–, porque, a lo mejor, son sólo cosas que ella se imagina.

–Igual estaría sufriendo –dijo Gloria–, y también se habría producido una pérdida de confianza.

–Bueno –dijo el Señor Ramírez–, entonces tomemos un caso todavía más extremo: una persona está siendo engañada, pero ella no sospecha nada. Sin embargo, hay otros que lo saben. ¿No sentirían lástima por ella?

–¿Por qué tendrían que sentir lástima? –preguntó Sebastián.

–Porque el esposo o la esposa engañados estarían viviendo un espejismo. Creerían que su vida es feliz, que tienen todo el amor de la otra persona, pero no lo tienen –dijo Manuel–. ¿No creen que es semejante el caso de una persona que ha perdido toda su fortuna por un robo pero aún no lo sabe?

–Yo creo que no es lo mismo, porque lo robado es algo material. En cambio, el engaño, mientras el afectado no lo sepa, todavía no es un mal –dijo Sebastián.

–No –dijo Camila–. Aunque nunca lo supiera y nunca se desilusionara, toda su vida viviría engañado. ¿Creen que alguien puede querer eso?

–Lo que dice Camila me recuerda un antiguo relato de la mitología griega –dijo el Señor Ramírez–. Ixión, siendo mortal fue invitado por Zeus, el padre de todos los dioses, al Olimpo, la morada de los dioses. Allí, se enamoró de Hera, la esposa de Zeus, y trató de seducirla. Zeus, para ver hasta dónde era capaz de llegar Ixión, lo engañó fabricando una nube, que en apariencia era exactamente igual a Hera. Ixión sedujo a la nube y se unió con ella. Me parece que lo que dice Camila es semejante a esta historia –agregó el Señor Ramírez–, porque Ixión, el seductor, en realidad no está disfrutando como cree que lo está haciendo. Lo que él deseaba no era simplemente hacer el amor con alguien y aún menos con una nube, sino hacerlo con Hera. Por eso Zeus se pudo burlar de Ixión. Nos burlamos de las personas cuando creen que han llegado a su meta pero están engañados. No hay nada peor que despertarnos de un espejismo como aquél al cual Zeus sometió a Ixión. ¿Creen que a alguien le gustaría vivir engañado así?

–No –dijo Manuel con firmeza–. A nadie le gustaría que su vida estuviese basada en un espejismo, aunque nunca lo supiera.

–Claro que no –reafirmó Camila–, y la persona que lo ha puesto en esa situación, siempre va a tener un sentimiento de culpa, aunque la persona engañada no lo sepa, y no sólo el temor a ser descubierto.

–A menos que sea una persona totalmente superficial –acotó Gloria.

–Eso me parece muy extraño –dijo Sebastián–, si una persona ha sido infiel, el cónyuge puede tener sospechas, pero, si el cónyuge no tiene sospechas, entonces es como si nunca hubiera sucedido. Yo creo que lo que uno no siente, no existe.

–Yo creo que estás equivocado –dijo Manuel–. Si a alguien le han robado y luego se entera, el daño consiste en que le han robado y no en enterarse de que le han robado. Lo mismo ocurre con la infidelidad: el daño consiste en haber sido engañado, no en enterarse del engaño. El enterarse sólo puede ser un daño si la cosa de la cual se entera es ya en sí misma un daño.

–Bueno, pero muchas personas prefieren no saber que han sido engañadas –replicó rápidamente Sebastián–. Eso quiere decir que piensan que mientras no lo sepan, no les causa daño.

–Pero de todas maneras el daño existe, porque al menos Dios siempre lo sabría –dijo Gloria.

–Sí –dijo Sebastián–, pero no todos creen en Dios.

–Tal vez, lo que Gloria quiere decir es que el daño existe aunque la persona engañada no lo sepa. –dijo el Señor Ramírez–. Pero también es cierto lo que decía Sebastián, muchas personas prefieren no saber que han sido engañadas. Pero no todos reaccionan de la misma manera. En la moral lo importante es preguntarse siempre cómo quisiera yo que me trataran los otros. Si aplicamos esa pregunta al caso que estamos analizando, tendríamos que preguntarnos: ¿preferiría yo, si el otro me engaña, que me lo diga o que no me lo diga? A esta pregunta, no todos contestarían igual. Tal como lo sugería Sebastián, muchos preferirían no enterarse. Pero, ¿no creen ustedes que esta posición sería equivalente a aplicar la política del avestruz, es decir, esconder la cabeza para no ver la realidad?

5

La regla de oro y el respeto

Hoy las clases habían terminado antes que de costumbre. Manuel, Camila, Sebastián, Gloria y Álvaro no tenían ganas de volver tan pronto a casa y se fueron caminando hacia su plaza preferida, que quedaba cerca del colegio. Se sentaron juntos alrededor de una fuente y se pusieron a tirar guijarros dentro del agua que centelleaba bajo los rayos del sol. Por largo rato jugaron en silencio, escuchando solamente el chasquido de las piedras al caer al agua.

De pronto, Manuel comenzó a reflexionar en voz alta.

–Es curioso –dijo–. Antes pensaba que las personas malas no existían, por lo menos no entre nosotros. Creía que todos éramos buenos y que sólo a veces por un despiste hacíamos algo malo. Ahora, en cambio, me parece que ni siquiera entiendo lo que significa ser una buena persona.

–¿Por qué dices eso? –preguntó Camila.

–Porque todo lo que hemos estado haciendo últimamente ha sido conversar sobre las acciones que consideramos malas, pero todavía no puedo comprender cómo nos damos cuenta de que una acción es mala.

–No entiendo cuál es el problema –dijo Álvaro–, si ya tenemos claro qué acciones son malas.

–Es cierto –dijo Gloria–, incluso ya tenemos una lista de las acciones que consideramos malas y por lo menos sabemos qué cosas son las que no debemos hacer.

–Yo no estoy tan seguro de eso –dijo Sebastián–. Me parece que es evidente que matar, robar y, en ciertos casos, hacer sufrir, son acciones que causan daño. Pero hay muchas otras circunstancias en las que las cosas no están claras, por ejemplo, yo todavía no estoy convencido de que abusar de la confianza de alguien, si esta persona no se entera, sea causarle un daño.

–Yo también creo que no basta con enumerar las acciones que nos parecen malas –dijo Camila–. A mí también me preocupa saber cómo podemos distinguir entre acciones buenas y acciones malas y cómo debemos comportarnos para ser buenas personas.

–Sí –dijo Manuel–, eso es justamente lo que yo me estaba preguntando.

–¿Y cuál podría ser la respuesta? –preguntó Álvaro.

–Eso es lo que no sé –dijo Manuel–. Me parece que ésta es una pregunta difícil y no veo cómo podríamos contestarla.

–¿Por qué no le preguntamos a alguien que sepa una respuesta? –sugirió Gloria.

–Es una buena idea –dijo Camila–. Se me ocurre que podríamos preguntarle al Señor Ibarra. Él es muy sabio.

–¿No creéis que ya está muy viejo? –preguntó Álvaro.

–¡No! –dijo Camila con fuerza–. Lo que pasa es que ha estado muy enfermo y por eso se ve más viejo de lo que es. Pero sabe muchas cosas y ha leído un montón de libros. Yo creo que por eso le han hecho encargado de la Biblioteca.

Así, esa tarde, los amigos se dirigieron a la Biblioteca. El Señor Ibarra era alto y delgado, pero se vía un poco encorvado. Tenía una barba blanca y una mirada muy bondadosa y atenta.

Cuando escuchó lo que los niños le plantaban, el Señor Ibarra los hizo sentarse alrededor de una mesa y acercó una silla para él.

–Veamos su pregunta –dijo el Señor Ibarra–. Están buscando cómo se define una acción mala e inmoral, es decir, algo que sirve en todos los casos como criterio o señal para reconocer una mala acción. Una cosa es segura, y es que las demás personas siempre se indignan por una acción mala y la persona que la ha hecho tiene un sentimiento de vergüenza y de culpa. ¿Sería esta la regla general que están buscando?

–Eso de la culpa funciona en algunos casos, pero en otros casos no –dijo Sebastián–. Hay veces en que uno no sabe si debería sentirse culpable o no. Por ejemplo, si yo gano en una competición deportiva, hago que los demás pierdan. ¿Tengo que sentirme culpable por eso?

–Este es un caso diferente –dijo el Señor Ibarra–, si yo gano una carrera, por ejemplo, no tengo por qué sentirme culpable.

–Pero yo me puedo sentir mal, si es mi amigo el que perdió –dijo Sebastián.

–Es verdad –dijo el Señor Ibarra–. Se puede sentir lástima por la persona que pierde, pero nadie podría indignarse contigo por haber ganado, por lo tanto, el perdedor tampoco puede tener resentimientos para con el ganador.

–Pero, ¿qué pasa si las personas que hacen algo que en verdad es malo no se sienten culpables? –preguntó Camila–. Por ejemplo, en el caso de las promesas, ocurre que existen personas que las rompen y nunca se sienten culpables.

–Tienes razón –dijo el Señor Ibarra–. Existen personas que hacen cosas inmorales y no se sienten culpables. Pero esas son personas que no tiene vergüenza, por eso decimos que son sinvergüenzas o desvergonzadas. Pero, en general, si somos personas que nos reconocemos como personas morales, reaccionamos con un sentimiento de indignación cuando alguien hace algo inmoral, y el que lo hace, experimenta un sentimiento de culpa y de vergüenza.

Los amigos estaban concentrados escuchando al Señor Ibarra, pero daba la impresión de que Manuel no estaba satisfecho.

–No hemos avanzado mucho, ¿verdad? –dijo el Señor Ibarra, mirando a Manuel.

–Me siento un poco confuso –dijo Manuel.

–Tal vez, lo que te confunde es esto de los sentimientos morales –dijo el Señor Ibarra–. Por eso me parece que es necesario aclarar primero este punto, porque sólo así podemos comprender qué son acciones buenas y malas. Para esto deberíamos reflexionar sobre la razón por la que reaccionamos a ciertas acciones con indignación. Estamos casi igual que al principio.

–¿Podría explicarnos todo de nuevo, por favor? –rogó Camila.

–Muy bien. Trataré de explicarlo mejor –dijo el Señor Ibarra–. Si yo hiciera algo que cause un daño y perjudique a Sebastián, seguro que ustedes se indignarían.

–Y usted se sentiría culpable –completó Camila.

–Cierto –dijo el Señor Ibarra y continuó–, pero Sebastián, a su vez, se sentiría resentido. Pero él tendría este sentimiento sólo si supone que también otras personas que se reconocen como personas morales, aunque no han sido afectadas por mi acción, tendrán, en general, un sentimiento de indignación contra mí.

–Eso suena un poco complicado –dijo Gloria.

–Vamos con calma –dijo el Señor Ibarra–. Lo que quiero decir es que sólo puedo sentir resentimiento si alguien me ha hecho algo que es malo y si, por consiguiente, todas las personas, salvo excepciones, van a reaccionar con indignación frente a esta acción, aunque no se vean directamente afectadas. No basta con que se haya hecho algo que es malo para mí.

–¿Se refiere a algo como ganar a otro en una carrera? –preguntó Manuel.

–Esto podría servir de ejemplo –dijo el Señor Ibarra–. Si yo te gano, hago algo que te perjudica y eso es algo malo para ti. Si eres un mal perdedor, te puedes enojar, pero no hay motivo para que los demás se indignen. En cambio, si alguien le roba a otra persona, todos se sienten indignados, aunque el robo no les afecta. Y la persona a la que se le ha robado, se siente moralmente herida, lo que llamamos resentimiento.

–Así que hay tres sentimientos morales –dijo Camila–. Por una parte, la persona que comete la falta debería sentirse culpable, es decir, se *siente* culpable *si* se reconoce como persona moral. En segundo lugar, la persona afectada por la falta que se comete se siente resentida y, por último, las personas no afectadas se indignan, siempre que presupongamos que se reconocen como personas morales.

–Eso es, eso es –dijo el Señor Ibarra entusiasmado–, son tres sentimientos que están estrechamente ligados entre sí. Ahora tenemos que preguntarnos por qué tenemos estos sentimientos. Si han estado atentos a lo que les he dicho, comprenderán que esto es lo mismo que preguntarnos por qué consideramos una acción como mala. Ese fue el motivo que tuvieron ustedes para venir a conversar conmigo, ¿no es cierto?

Los niños asintieron y se quedaron en silencio esperando que el Señor Ibarra les diera una respuesta mágica. En cambio, él les volvió a plantear la pregunta:

–¿Cuál es la razón para considerar mala una acción? y, además, ¿por qué tenemos sentimientos morales? ¿No creen ustedes que tiene que haber una razón?

–¿Qué ocurriría si no hubiese una razón? –preguntó Sebastián.

–Si no hubiese una razón, no podríamos comprender por qué tenemos esos sentimientos –dijo el Señor Ibarra–. En ese caso, no podríamos explicarles a los niños por qué deberían tener esos sentimientos y, en consecuencia, no se los podría educar moralmente. Los padres, por ejemplo, tienen que poder darles a los niños una razón de por qué los adultos se indignan cuando ellos u otras personas, actúan de cierta manera. Sin esa razón, el que actúa mal no se va a sentir avergonzado ni culpable y los otros no van a tener sentimientos de indignación y de resentimiento.

El Señor Ibarra vio que los niños estaban cansados, miró su reloj y dijo:

–Es un poco tarde, ¿por qué no seguimos la conversación otro día?

Los niños estuvieron de acuerdo y se marcharon a sus casas.

A los pocos días, Manuel quiso volver a conversar con el Señor Ibarra. Álvaro y Sebastián no tenían muchas ganas de ir, de modo que no fueron. Gloria tampoco tenía muchas ganas, pero Camila la convenció. Así, los tres volvieron a visitarlo en la Biblioteca.

–¡Ah! –dijo el Señor Ibarra, cuando vio a Manuel, Camila y Gloria–, quieren continuar la conversación del otro día.

–Sí, nos gustaría mucho –contestó Camila.

–¿En qué tema quedamos la última vez? –preguntó el Señor Ibarra.

–¿Cuál es la razón de que tengamos sentimientos morales? –dijo Manuel.

–Ah, sí –dijo el Señor Ibarra–, ahora recuerdo.

–¿Entonces, cuál es la razón? –preguntó Camila.

–No hay una respuesta única. Me parece que se pueden distinguir dos maneras de contestar a esta pregunta –dijo el Señor Ibarra–. A una forma se la puede llamar moral autoritaria y a la otra, moral autónoma. Esto significa que, en principio, hay dos concepciones diferentes para explicar lo que es bueno y lo que es malo.

–¿Por qué a una se la llama moral autoritaria? –preguntó Camila–, ¿tiene que ver con alguna autoridad?

–Sí, se podría decir que la concepción autoritaria consiste en decir que es malo hacer algo porque alguna autoridad, por ejemplo, los padres, lo han prohibido. Incluso se podría ir más lejos y decir que algo es malo porque Dios lo ha prohibido –dijo el Señor Ibarra.

–Sí, exacto. Eso es lo que siempre nos han enseñado –dijo Gloria.

–Bueno –dijo el Señor Ibarra–, cuando somos niños creemos que actuar de una determinada manera está mal porque nuestros padres lo han prohibido. Pero cuando crecemos, esto no nos basta. Queremos saber por qué los padres lo han prohibido.

–Es verdad –dijo Gloria.

–Nos resultaría arbitrario –siguió diciendo el Señor Ibarra–, que nuestros padres nos prohibieran algo y no nos pudieran dar una razón, que fuera también una razón aceptable para nosotros.

–Usted hablaba antes de Dios –intervino Manuel–. ¿No

cree usted que puede ser una buena razón decir que Dios lo ha prohibido?

–No me convence –dijo el Señor Ibarra–, y si lo piensas bien, ¿no te parece que esa respuesta no nos puede satisfacer?

–¿Por qué? –preguntó Gloria, extrañada.

–Porque significaría suponer que Dios determina arbitrariamente lo que es bueno y lo que es malo. Es decir, no puede satisfacernos el decir que los mandamientos de Dios son buenos porque Él los ha promulgado. Tenemos que suponer que Él los ha promulgado porque son buenos. ¿Comprenden? –preguntó el Señor Ibarra.

–Ahora entiendo –dijo Camila–, si no sabemos por qué los mandamientos son buenos, la referencia a Dios no proporciona una respuesta.

–Sí, muy bien –dijo el Señor Ibarra.

–Si eso es así –dijo Manuel–, entonces quiere decir que por esta vía no logramos saber por qué razón ciertas acciones son consideradas buenas y otras malas.

–Así es –dijo el Señor Ibarra–. Por eso debemos mirar ahora también la otra manera de entender la moral, la que antes llamé la concepción autónoma, que sería la no-autoritaria. Lo importante de esta explicación es que no entiende las reglas morales como algo que se nos impone, ya sea por nuestros padres o por Dios, sino como algo que nosotros mismos nos imponemos. Son reglas y leyes que nosotros mismos queremos y, por lo tanto, son un producto de nuestra libertad.

–¿Quiere usted decir que las reglas son algo que tenemos que imponernos libremente a nosotros mismos? –preguntó Manuel.

–Sí –dijo el Señor Ibarra–, eso es justamente lo que significa *autónomo*, o también lo podemos llamar autodeterminación.

–Pero es muy extraño –dijo Camila–, que nosotros mismos nos impongamos reglas.

El Señor Ibarra se quedó pensativo durante un rato y luego dijo:

–Si yo te preguntara cómo querrías que una persona se comportara para poder llamarla una buena persona, ¿qué dirías?

–Querría que tratara a todos con respeto –dijo Camila.

–¿No crees que eso es lo que todos querríamos? –preguntó el Señor Ibarra–. Eso quiere decir que somos nosotros mismos los que deseamos, libremente, que todos se comporten así.

–Entiendo –dijo Camila–, y eso significaría que no se puede robar, que no se pueden romper las promesas y que las personas se deben ayudar mutuamente.

–Claro –dijo el Señor Ibarra–. Queremos que los demás nos respeten. Por eso, no queda más alternativa que decir que todos deben respetarse mutuamente. Porque, ¿cómo podríamos lograrlo, si ésta no fuera una regla general? Es decir, ¿cómo podrías esperar que los demás te respeten a ti, si tú no te sometes a la misma regla?

–Hay un problema –dijo Manuel–, yo creo que todas las personas quieren ser respetadas, pero igual existe mucha gente que quieren ser respetados y, sin embargo, no respetan a los demás.

–Eso es muy cierto –dijo el Señor Ibarra–. Nos cuesta respetar a los demás, sobre todo, cuando va en contra de nuestro interés propio. Si lo pensamos bien, sin embargo, aun en ese caso diríamos que la regla general debería ser la del respeto.

Los niños se quedaron en silencio, como si trataran de decidir si estaban o no de acuerdo con lo que el Señor Ibarra había dicho. Éste, a su vez, se estaba concentrando en sus propios pensamientos. Se le ocurrió continuar la reflexión en otra dirección.

–¿Sabéis que Jesucristo formuló esta regla de una manera muy similar? –preguntó el Señor Ibarra, después de un momento.

–¿Ah, sí? –dijo Gloria sorprendida–. No lo sabía.

–¿No recuerdan que Él dijo: «Todo lo que ustedes quieren que los hombres les hagan, ustedes deben hacerlo a ellos también (Mt. 7, 12)»? –preguntó el Señor Ibarra–. Esta regla establece que debemos comportarnos con los otros como queremos que ellos se comporten con nosotros.

–¿Entonces fue Jesucristo el que nos enseñó esta norma? –preguntó Gloria.

–Sí –dijo el Señor Ibarra–. Bueno, es verdad que esta regla fue enseñada por Jesús, pero también fue enseñada por otros sabios, mucho antes de que Jesús la enseñara. Lo importante es que parece haber sido el fundamento de la moral de todos los tiempos y por eso nos referimos a ella como la «regla de oro».

–¿La regla de oro? –preguntó Gloria sorprendida.

–¿Por qué creéis que se llama la «regla de oro»? –preguntó el Señor Ibarra.

Por un momento los niños se quedaron en silencio.

–Yo creo que se llama así –dijo Manuel finalmente–, porque es una regla que permite deducir en todos los casos qué acciones son buenas y qué acciones son malas.

–Sí, ésa es justamente la razón –dijo el Señor Ibarra.

–Pero, entonces –preguntó Gloria que se había quedado un poco sorprendida y desilusionada–, si otros sabios ya habían formulado esta regla antes, ¿cuál es el aporte particular de Jesús?

–La enseñanza de Jesús nos ayuda a comprender mejor el significado de esta regla –dijo el Señor Ibarra–. Jesús nos muestra que esta regla no se nos impone desde fuera, sino que es algo que está presente en los corazones de las personas. Se podría decir que lo que Jesús hizo fue abrir el corazón de las personas a la regla de oro.

Gloria miró al Señor Ibarra y se sonrió complacida.

–¿Significa eso que Jesús no nos obliga a cumplirla? –preguntó Manuel.

–En realidad –dijo el Señor Ibarra–, lo que Jesús hizo fue mostrarnos que todos queremos por nosotros mismos que estemos obligados a cumplirla. Esto se puede interpretar del siguiente modo: Pregúntate a ti mismo si no quieres que todos actúen así. Y si quieres que todos lo hagan, ¿no estarías engañando a los demás si tú no actuaras del mismo modo?

–¿Es por eso, entonces, que usted dijo antes que nos obligamos a nosotros mismos a cumplirla? –preguntó Camila.

–Claro –dijo el Señor Ibarra–. La razón por la cual consideramos malos ciertos actos es simplemente que ninguno de nosotros quiere que los demás actúen así, y entonces, ¿cómo podríamos excluirnos a nosotros mismos de esa obligación sin convertirnos en unos hipócritas?

Los niños se retiraron cansados, pero felices. Al menos Manuel y Camila se veían contentos. Gloria, sin embargo, tenía la cabeza bastante cargada. Al salir de la Biblioteca, cuando Manuel se había despedido de ellas, Gloria y Camila se fueron caminando juntas.

–¿Qué te ocurre? –le preguntó Camila, al ver tan silenciosa a su amiga.

–Me siento un poco confusa –dijo Gloria.

–¿Por qué? –preguntó Camila extrañada.

–Bueno –dijo Gloria–, el Señor Ibarra dijo que Jesús nos había enseñado la regla de oro, pero también nos dijo que la regla de oro ya la habían enseñado otros sabios mucho antes.

–Sí –dijo Camila–, me acuerdo de eso.

–¿En qué consiste entonces lo divino del mensaje de Jesús –preguntó Gloria–, si lo que Él dijo ya lo habían dicho otros sabios antes?

–No había pensado en eso –dijo Camila–. Creo que es un problema que deberíamos aclarar.

Las amigas caminaron en silencio por un rato. De repente se le ocurrió algo a Camila y dijo:

–¿Por qué no hablamos con la profesora de Religión?

–Es una excelente idea –dijo Gloria.

La Señora Fabiola, la profesora de Religión, era muy alegre y jovial, siempre organizaba actividades entretenidas, se entendía muy bien con los alumnos y, por esta razón, Gloria la admiraba mucho.

Gloria le pidió a Camila que la acompañara a conversar con la Señora Fabiola y Camila aceptó encantada.

–Es verdad que Jesús enseñó la *regla de oro* –dijo la Señora Fabiola, cuando había escuchado todo lo que Gloria le dijo–. Pero Jesús también nos enseñó que Dios es nuestro Padre, que todos los seres humanos somos hermanos y que debemos comportarnos como tales.

–¿Qué significa eso? –preguntó Gloria.

–Que debemos amar a nuestro prójimo –dijo la Señora Fabiola–, me parece que eso ya lo hemos discutido en clase.

–Es verdad –dijo Gloria.

–Cuando se dice que debemos amar al prójimo, ¿quiere decir esto que debemos respetar a los demás? –preguntó Camila.

–Es cierto que también debemos respetar a los demás –dijo al Señora Fabiola–, pero amar es más exigente que respetar.

–¿Por qué es más exigente? –preguntó Gloria.

–Porque amar a los demás –dijo la Señora Fabiola–, significa tener una dedicación total hacia todos los demás. Es por esta razón que en el Evangelio hay normas tan exigentes como «Debemos amar a nuestros enemigos» (Mt. 5, 44) o «Si alguien te golpea una mejilla, debes poner la otra» (Mt. 5, 39).

–Pero –insistió Camila– ¿no cree que es prácticamente imposible lograr eso?

–Es verdad –dijo la Señora Fabiola–. Es muy difícil, pero algunas personas lo logran. A esas personas las admiramos mucho y por eso las llamamos santas.

–¿Quiere decir que todos estamos obligados a ser santos? –preguntó Gloria.

–No, claro que no. No es una obligación, sino una invitación a seguir el ejemplo de Jesús –dijo la Señora Fabiola–. Si bien ésta es una posibilidad que admiramos, el no ser santo no es algo que podamos reprocharle a nadie, ni tampoco es una razón para sentirnos culpables.

–Entonces –preguntó Camila–, ¿ésta es la razón por la cual Jesús enseñó la *regla de oro*?

–Yo creo –respondió la Señora Fabiola–, que quiso enfatizar que todos los seres humanos están bajo la obligación de respetar a todos los demás. Pero el mensaje de Jesús incluye exigencias de santidad que van más allá de la regla de oro.

–Entiendo –dijo Camila y se quedó pensativa. Gloria, en cambio, dio un gran suspiro y se puso muy alegre.

La próxima vez que fueron a ver al Señor Ibarra, Gloria llevó unas galletas que había hecho su madre. Cuando supieron esto, Sebastián y sobre todo Álvaro decidieron concurrir. Esto les parecía más importante que la regla de oro de la que Manuel les había hablado. Cuando el Señor Ibarra los recibió les ofreció té y refrescos.

–Bien –dijo el Señor Ibarra–, ¿de qué vamos a conversar hoy?

–Yo tengo todavía muchas dudas con respecto a la regla de oro –dijo Manuel–. Lo que yo entiendo es que esta regla ordena que debemos respetar a los demás, debido a que parece evidente que cada uno de nosotros quiere ser respetado.

–Lo que dices, me muestra que has comprendido bien –dijo el Señor Ibarra y agregó–, ¿cuál es tu problema, entonces?

–El problema es que me parece tan general que no se me ocurre cómo se podría saber en casos concretos qué acciones son buenas y qué acciones son malas.

–Ahora entiendo lo que te preocupa –dijo el Señor Ibarra.

–¿No podríamos cambiar la regla de oro y decir que todos debemos amar a los demás? –preguntó Gloria.

–No sé –dijo el Señor Ibarra, tratando de adivinar lo que los niños estaban pensando–, ¿qué piensan los otros?

–Sería un poco extraño –dijo Sebastián, dejando a un lado su vaso de bebida–, porque en realidad yo no quiero que me amen todas las personas, sólo quiero que algunas lo hagan.

–Es una objeción importante –dijo el Señor Ibarra–. No queremos que todas las personas nos amen y tampoco queremos tener la obligación de amar a todas las personas. Sería un poco extraño exigir eso, ¿no es verdad? En cambio sí queremos que todos tengan la obligación de respetarnos y nosotros, por supuesto, la de respetar a los demás.

–Es verdad –dijo Gloria.

–En cuanto a lo que plantea Manuel –siguió diciendo el Señor Ibarra–, es cierto que la regla de oro es muy general, pero a pesar de ello se puede aplicar en cada caso concreto.

–¿Cómo se puede hacer eso? –preguntó Manuel.

–En cada circunstancia en la que tú tengas dudas de si lo que estás haciendo está bien o está mal, debes preguntarte cómo querrías que los demás debieran comportarse con respecto a ti, como si fuese una regla general –dijo el Señor Ibarra.

–No entiendo muy bien lo que quiere decir –dijo Manuel.

–Para aclarar si algo está bien o está mal –dijo el Señor Ibarra–, debes preguntarte cómo quieres tú mismo ser tratado, entonces te darás cuenta de que no quieres que te roben, que no quieres que rompan las promesas que te han hecho y que quieres que te ayuden cuando tienes una necesidad. Y si eso es lo que quieres para ti, eso significa que también quieres que el actuar así sea una regla general.

Manuel se quedó silencioso, pero asintió con la cabeza.

–Pero eso no es suficiente –dijo Sebastián–. Yo no creo que la regla de oro pueda impulsarnos a tener un comportamiento moral con las otras personas.

–Tienes razón –dijo el Señor Ibarra–, pero ese es otro problema. Recuerda que lo que nos habíamos propuesto era simplemente aclarar por qué reaccionamos con indignación frente a ciertas acciones, es decir, por qué las consideramos malas. La regla de oro da una respuesta satisfactoria. Pero, tienes toda la razón si dices que de eso no se sigue, como una consecuencia necesaria, que las personas vayan a actuar moralmente.

–¿Cómo? –dijo extrañada Camila–. ¿No es suficiente saber lo que dice la regla de oro para actuar moralmente?

–No –dijo el Señor Ibarra–. No basta saber que algo es moral para hacerlo. Eso sería no querer ver el mundo tal como de hecho es. Muchas personas admiten que ciertas acciones son malas, pero eso no significa que no vayan a hacerlas. Cada uno de nosotros, además, habrá sentido en algún momento la enorme contradicción entre su interés propio y la moral y el conflicto en que esto puede ponernos.

–No sé si entiendo bien ese conflicto –dijo Camila–. Supongamos que encuentro un anillo fabuloso, que deseo quedármelo para mí, aunque sé que pertenece a una amiga. Yo quisiera quedármelo, porque me gusta mucho, pero si me lo apropio, voy a tener un sentimiento de culpa, porque si alguien hiciera una cosa similar, yo me indignaría, y si fuera la afectada tendría resentimientos. Me parece que podríamos indignarnos contra los otros y no tener sentimientos de culpa cuando nosotros mismos actuamos así.

–Tal vez sí –intervino Sebastián–, pero, ¿qué pasa si a alguien no le importa sentirse culpable?

–¿Cómo no le va a importar sentirse culpable? –dijo Gloria.

–Supón –replicó Sebastián–, que el anillo me gusta tanto que yo decido apropiármelo y no me importa sentirme culpable.

Gloria se quedó callada, estaba molesta pero no sabía qué decir.

–Lo que dice Sebastián es verdad –dijo el Señor Ibarra–, esto, naturalmente, puede ocurrir. Si nuestro interés es muy grande, nuestra conciencia de culpa se puede debilitar. De todos modos parece difícil que esto ocurra generalmente.

–¿Por qué? –dijo Sebastián.

–Porque valoramos a las personas buenas y no valoramos a las malas –dijo el Señor Ibarra–. Y si tenemos conciencia de que nosotros somos malos, eso nos provoca el sentimiento de ser despreciables y no creo que sea fácil vivir con ese sentimiento.

–Pero ¿si nadie se diera cuenta? –insistió Sebastián.

–También en este caso la persona no dejaría de despreciarse a sí misma –dijo el Señor Ibarra–. Muchas veces ocurre que otras personas lo estiman a uno, pero uno podría saber, en su interior, que ha actuado de manera despreciable y esto le causaría un sentimiento de culpa y de desvalorización propia, aunque los otros no se dieran cuenta.

–Pero supongamos que a mí no me importa la moral –replicó Sebastián obstinado.

–En ese caso te pones fuera de la comunidad moral –dijo el Señor Ibarra–. Es verdad que puedes hacer lo que quieras, porque te habrás liberado de tu sentido de vergüenza y te habrás convertido en lo que se llama apropiadamente un *sinvergüenza.* El problema es que, si tomaras este camino, tampoco podrías indignarte por lo que hicieran los demás. Por cierto –agregó el Señor Ibarra con una expresión muy seria–, de hecho existen personas sin sentimientos morales. Son personas de los que los psicólogos dicen que les *falta un sentido moral.* Y no hay nada que hacer en este caso, excepto protegerse de esas personas, porque pueden ser muy dañinas.

El giro de la conversación impresionó mucho a los niños. Todos quedaron callados pensando en lo que sería una vida sin moral.

–Imagínense que ustedes pudieran decidir por sí mismos, sin ninguna presión externa, las reglas de acuerdo a las cuales querrían vivir –dijo el Señor Ibarra, dirigiéndose a Sebastián–. O mejor aún –agregó–, podrían hacer un experimento, hacer un paseo por el campo el fin de semana y suponer que son los únicos supervivientes de un accidente de avión. Eso requeriría que imaginaran que pueden estar por un largo tiempo fuera de toda sociedad conocida. Por lo tanto, podrían deshacerse de todas las reglas que consideran puramente convencionales. En otras palabras, estarían en una situación de libertad tal, que podrían deliberar juntos y decidir sobre las reglas según las cuales quieren convivir.

¿Qué les parecería poder hacer un experimento como éste?

–Sí, sería fantástico hacerlo –dijo Sebastián.

–Bueno –dijo el Señor Ibarra–, tal vez sería importante que alguna vez hiciéramos un experimento semejante para poder comprender mejor las reglas de la convivencia. De todos modos, aunque sólo lo imaginemos, ¿no creen que escogerían precisamente aquellas reglas que son la consecuencia de la *regla de oro* y descartarían todas las reglas que habían conocido como convencionales y que por eso ustedes considerarían que no tienen ningún valor?

–Sí, creo que tiene razón –intervino Manuel–, pero ¿qué le impediría a cada uno de nosotros transgredir estas reglas que nos habríamos impuesto autónomamente?

–¿Crees que tú las transgredirías? –preguntó el Señor Ibarra.

–Seguramente no –respondió Manuel.

–Piensa, entonces –dijo el Señor Ibarra–, qué es lo que te impide hacerlo.

–¿No crees que también en esta situación te sentirías culpable? –preguntó Camila.

–Sí –dijo Manuel–, pero sobre todo sentiría vergüenza de mí mismo.

–¿Quieres decir que es nuestro propio sentido de vergüenza y el deseo de tener un valor como personas lo que nos impulsa a comportarnos moralmente? –preguntó el Señor Ibarra.

–Sí, creo que eso es lo decisivo para mí –respondió Manuel.

6

Solidaridad: las obligaciones de ayuda

A Camila le afectó mucho cuando Manuel le contó la noticia que había comunicado la radio esa mañana. Algunos de sus compañeros también la habían escuchado, pero no se habían impresionado tanto, o no le habían dado tanta importancia.

La noticia relataba que una mujer muy pobre había salido de casa a comprar y había dejado encerrados con llave a sus dos hijos pequeños. Al volver, la mujer vio humo y se dio cuenta de que había empezado un incendio en su casa, pero a causa de las llamas no pudo abrir la puerta. En su desesperación, les pidió ayuda a dos hombres jóvenes que estaban cerca mirando las llamas, pero éstos se encogieron de hombros y se alejaron indiferentes. La casa era de madera, de modo que ardió rápidamente y se quemó por completo antes de que la pobre mujer pudiera hacer nada. Los dos niños murieron en las llamas. Más tarde, cuando la gente de la población supo lo ocurrido, se enfureció y algunos hubieran matado a esos hombres, si no hubiesen desaparecido a tiempo.

Manuel relató la noticia con gran excitación y, en un primer momento, toda la clase quedó callada de horror. Finamente, Camila tomó la palabra para romper el silencio.

–No puedo creer que esos niños hayan muerto quemados –dijo Camila consternada–. ¡Y que esos tipos no hayan hecho nada!

–A mí me da mucha más pena la madre –dijo Gloria.

–Tienes razón –dijo Camila–. Nunca va a poder perdonarse el haberlos dejado encerrados. Su dolor debe ser infinito. Lo que no puedo entender –añadió después de un momento–, es ¿por qué esos hombres no la ayudaron?

–Eso es algo que indigna –dijo Gloria.

–Es verdad –dijo Manuel–, me parece que ése es el tipo de comportamiento frente al cual todos nos indignamos.

–¿Quieres decir que es inmoral? –preguntó Sebastián.

–Claro –dijo Manuel–, eso es justamente lo que quiero decir.

En ese momento llegó Álvaro. Él también había escuchado la noticia, pero no se había impresionado demasiado.

–¿Realmente crees que se trata de algo inmoral? –preguntó Álvaro cuando escuchó lo que Manuel acababa de decir.

–¿No lo crees así? –replicó Manuel.

–No. No creo que sea inmoral –dijo Álvaro–. Estas cosas siempre pasan. A mí también me molesta lo que ha sucedido, pero lo que me parece increíble es que dejen a los niños solos, encerrados con llave. Eso es lo que me da rabia.

–Pero, ¿no crees que esos hombres deberían haber ayudado a la mujer? –preguntó Camila–. ¿No te parece que son culpables?

–Yo creo que ellos podrían haber ayudado –dijo Álvaro–, pero no creo que estuvieran obligados a ayudar.

–¿Qué habrías hecho tú? –preguntó entonces Gloria.

–Creo que habría ayudado –dijo Álvaro–, pero pienso que, a lo mejor, ellos sintieron miedo.

–¿No crees que eso sólo es una excusa? –dijo Camila.

Álvaro no respondió.

–Si tienes dudas, deberías aplicar la *regla de oro* –dijo entonces Manuel–, tal como nos lo enseñó el Señor Ibarra.

–¿Cómo se podría hacer eso en un caso así? –preguntó Álvaro.

–No es tan difícil –respondió Manuel–. Imagínate que tú estuvieras encerrado en una casa que se está quemando y otra persona pudiera salvarte. ¿No querrías que esa persona sintiera la obligación de hacerlo ¿Y no querríamos todos que todos estuvieran obligados a ayudar en una situación semejante?

–Bueno, sí –dijo Álvaro–, tienes razón –pero no parecía muy convencido.

–La *regla de oro* es una regla universal, válida para cualquier persona, por lo tanto, todos estamos obligados a ayudar –dijo Manuel.

–Estoy de acuerdo –dijo Camila– es por eso que, si no ayudamos a una persona que está en grave peligro o necesidad, los demás se indignan.

–Pero, ¿no te parece un poco extraño como aplicas la *regla de oro*? –dijo Sebastián–, porque, en sentido estricto, esos hombres no hicieron nada malo.

–Eso no lo entiendo –dijo Camila.

–Ellos no causaron el daño –replicó Sebastián.

–Es verdad –dijo Manuel–, aquí lo malo consiste en no hacer nada para evitar el daño, se trata de una omisión.

–Yo creo que ellos sí hicieron algo malo –dijo Gloria–, porque, ¿cuál es la diferencia entre hacer algo malo y no hacer nada para evitar que pase algo malo? Es verdad que hasta ahora nos hemos ocupado de enumerar acciones que provocan un daño, pero la *regla de oro*, tal como la enseñó el Señor Ibarra, permite determinar todas las acciones malas, de modo que las omisiones también pueden ser malas.

–Si crees que las omisiones caen bajo la *regla de oro* –preguntó Manuel–, ¿cuál sería la regla que se está violando en estos casos en que no se actúa?

–Esta regla es la que dice que debemos ser solidarios con los demás –dijo Gloria–, o, dicho de otra manera, que es un deber ayudar a los demás.

–¿A todos los demás? –dijo Sebastián–. Eso sería imposible.

–¿Por qué dices que sería imposible? –preguntó Gloria.

–Imagínate la cantidad de personas indigentes que viven en nuestra ciudad –intervino Manuel–. ¿Quieres decir que cada persona tiene el deber de ayudarlos a todos?

–Por supuesto que no podemos –replicó Gloria–, pero, ¿qué tiene eso que ver?

–Mira –dijo Camila pausadamente, pensando que tal vez Sebastián tenía razón–, los dos casos son distintos. Antes, cuando hablamos de los deberes, siempre teníamos claro que se trataba de obligaciones que teníamos frente a todos. Por ejemplo, cuando decimos que tenemos el deber de no robar, eso se aplica a todos, es decir, significa que no debemos robarle a nadie, y lo mismo pasa con las promesas, no debemos romperle una promesa a nadie.

–¿Y qué piensas de no matar? –intervino rápidamente Álvaro–. ¿Supongo que no piensas que eso vale sólo para los amigos y para los demás no –agregó con una mirada irónica.

–¡Cállate, Álvaro! –dijo Camila–. ¡Estamos hablando en serio!

–Entonces, ¿no ves que hay una diferencia entre las prohibiciones y las obligaciones de ayuda? –preguntó Manuel, dirigiéndose a Gloria–. Yo estoy de acuerdo con Sebastián en que hay una dificultad aquí. En el caso de las prohibiciones, o sea, no matar o no robar, es obvio que son obligaciones que tenemos con todos, pero cuando se trata del deber de ayudar no puede ser así.

–Me doy cuenta de que los casos son diferentes, pero no veo cuál es el problema –dijo Gloria.

–El problema es que es muy difícil saber en qué casos puede estar permitido no ayudar –dijo Camila.

–Sí –agregó Manuel–. Y también es muy difícil determinar en qué casos nos parece que debería ser obligatorio ayudar y en qué casos incluso nos parece monstruoso no hacerlo, como en el caso del incendio.

–En el caso de la ayuda las reglas dejan de ser claras –dijo Sebastián–. Aparentemente, uno siempre puede preguntarse *hasta dónde tengo una obligación en este caso concreto*.

–Sí, entiendo –dijo Gloria–. Pero, ¿no deberíamos esforzarnos por ayudar a todos los demás?

–¿Quieres decir –preguntó Camila–, entregarse totalmente a los demás, tal como la Señora Fabiola nos decía cuando se refirió a los santos?

–Pero yo creo que ni siquiera un santo sea capaz de ayudar a todos –dijo Sebastián, antes de que Gloria contestara.

Gloria se quedó pensativa.

–Es verdad que llamamos santa a una persona que vive totalmente entregada a aliviar los sufrimientos y necesidades de las personas que están alrededor de ella –dijo Camila–, pero, aun si se entregara totalmente no podría ayudarles a todos. Eso es físicamente imposible.

–Por otra parte –agregó Manuel–, no se puede decir que sólo una persona santa tiene que ayudar a los demás. El Señor Ibarra decía que no nos indignamos con alguien, ni le reprochamos, el que no sea santo. En cambio, en el caso de estos hombres que no ayudaron en el incendio, todos estamos indignados.

–¿Quieres decir que hay casos en los que es obligatorio ayudar –preguntó Camila–, y que no hacerlo es igual que violar una regla de prohibición?

–Sí –dijo Manuel–, pero también quiero decir que hay otros casos en los que prestar ayuda no es obligatorio.

–Eso no lo comprendo –dijo Gloria–. ¿En qué casos estás pensando?

–Supongamos que uno de nuestros compañeros se enferma –dijo Camila–, ¿tenemos el deber de ayudarlo?

–Sólo si es un amigo –dijo Álvaro.

–No, eso no está bien –dijo Gloria–, tenemos que ayudar a todos los compañeros.

–Supongamos entonces –dijo Manuel–, que el que se ha enfermado es un compañero de curso que es muy antipático. En ese caso, ¿tenemos la obligación de ayudarle?

Gloria se quedó pensativa y no sabía qué decir.

–Tal vez va a depender de la ayuda de que se trate –dijo Camila–. Yo creo que todos tenemos un deber mínimo frente a un compañero de curso, por ejemplo, el de prestarle nuestros cuadernos para que se ponga al día en las materias de las clases. Me parece que estaría muy mal pensar que, porque no me resulta simpático, no debo prestarle mis cuadernos.

–Sí, lo que dices me parece muy razonable –dijo Gloria.

–Y ese deber mínimo se basa en la *regla de oro* –dijo Manuel.

–¿Por qué? –preguntó Sebastián sorprendido.

–Porque, como regla general –dijo Manuel–, todos queremos que los demás nos presten este tipo de ayuda, aunque no sean nuestros amigos.

–Me parece chocante que estemos obligados a ayudarles a las personas que nos caen mal –dijo Álvaro.

–Imagínate –dijo Manuel–, que fueras solo por una carretera con tu automóvil y se quedara parado por un fallo del motor. ¿No desearías que todos tuvieran el deber de prestarte una ayuda mínima, aunque no fueran tus amigos?

–Es cierto –dijo Álvaro.

–Y qué pasaría –preguntó Sebastián–, si el compañero enfermo fuera un amigo nuestro?

–En ese caso –dijo Camila–, me parece que tenemos mayores obligaciones, como ir a verlo y estudiar con él.

–Pero –dijo Gloria–, ¿no deberíamos hacer eso con todos nuestros compañeros, aunque sean antipáticos?

–Yo no estoy de acuerdo con eso –dijo Álvaro–, porque en el curso siempre hay alguien que se enferma. Si me preocupara de todos no me quedaría tiempo para hacer mis propios deberes.

La respuesta de Álvaro parecía razonable, pero no dejó a nadie totalmente satisfecho. Manuel pensó que no estaba claro todavía cuándo se tiene la obligación de ayudar y cuándo no. Casi sin pensarlo dijo:

–Deberíamos conversar con el Señor Ibarra–. Se sintió un poco incómodo cuando se dio cuenta de la mirada burlona de Álvaro, pero no dijo nada. Todos decidieron ir a verlo después de las clases.

El Señor Ibarra recibió a los niños con su habitual amabilidad y escuchó atentamente lo que esta vez habían reflexionado. Luego les dijo:

–Si lo he entendido bien, me parece que ustedes han llegado a la conclusión de que se pueden distinguir tres clases de situaciones con respecto a la obligación de ayudar. Una en que estamos obviamente obligados a ayudar, como en el caso del incendio que me cuentan. Esto lo demuestra la indignación con que reaccionamos si no se ayuda en este tipo de casos. Otra, donde no estamos obligados, pero elegimos hacerlo. Esta es la opción de vivir como un santo o como las grandes figuras que ayudan a la humanidad. Es verdad que aun el santo no puede ayudar a todos, pero ayuda a todos los que puede.

–Eso es lo que a mí me parece muy difícil –dijo Sebastián.

–Bueno –dijo el Señor Ibarra–, claro que es difícil, y por eso no podemos exigirle a nadie que sea santo, porque eso significaría sacrificarse al punto de renunciar por completo a vivir su propia vida. Es por eso que no nos indignamos si una persona no actúa como un santo, pero la admiramos cuando lo hace y la elogiamos.

–¿La elogiamos? –preguntó Gloria.

–Me refiero a que decimos que es una persona sumamente buena y que su ejemplo es digno de imitarse –dijo el Señor Ibarra–. En cambio, de una persona que sólo ayuda en los casos obvios, no decimos que es buena, sólo decimos que no es una mala persona.

–¿Cuál sería la tercera clase? –preguntó Manuel.

–Me parece que hay casos que están entre no ser malo y ser un santo, en los que resulta algo difícil decidirse –dijo el Señor Ibarra–, creo que son estos casos los que les causan problemas.

–Eso me recuerda algo que sucedió hace tiempo, mientras estaba de visita en la casa de mis tíos –dijo Camila–. Era al anochecer, mi tía había preparado la cena y yo estaba ayudando a mi tío a poner la mesa. De repente, una mujer muy pobre llamó a la puerta con su hijo y pidió que le ayudáramos. Mi tío quería darle una limosna, pero mi tía le hizo reproches y dijo: «¡Estas pocas monedas no son una ayuda! ¡Sólo quieres calmar tu conciencia! Si realmente quieres ayudarla dile que entre e invítala a cenar.» El tío contestó irritado: «¡Estás loca! ¿Has pensado lo que pasará después? ¿Quieres que también la dejemos dormir en casa? ¡Y mañana lo sabrá toda la ciudad y tendremos todos los mendigos del barrio sentados en la sala de estar! ¿Es esto lo que quieres? ¡Qué idea más absurda!» Mi tía insistía y decía que esto era un caso de extrema necesidad y le dijo que se fijara un poco más en esta mujer y que no pensara enseguida en los días de mañana y pasado mañana. Mis tíos siguieron discutiendo y no pudieron ponerse de acuerdo. El triste resultado fue un matrimonio peleado, mi prima y yo que nos pusimos a llorar y la mujer pobre que al final se marchó con la miserable limosna de mi tío.

–Un buen ejemplo –dijo Gloria espontáneamente–, Señor Ibarra, ¿no cree usted que la moral no sirve de mucho si no somos solidarios?

–¿Tan supersolidarios como la tía de Camila? Me parece que quería ser una santa –dijo Álvaro riéndose.

–¡Tú no tienes sentimientos! –le reprochó Gloria–. ¡Te pareces al tío de Camila!

–Me parece –dijo el Señor Ibarra–, que nuestra reflexión sobre la moral nos ha llevado a un gran interrogante. En el caso de la obligación de ayudar hay una esfera intermedia entre un comportamiento muy digno de elogio y uno que simplemente no es motivo de indignación. ¿Por qué no intentamos al menos definir de un modo más preciso la segunda de estas áreas?

–¿Cuáles áreas? –preguntó Álvaro.

–Me refiero al área en que las omisiones de ayuda nos parecen reprochables. Pensemos, por ejemplo, en el caso del incendio que ustedes me han relatado. ¿Por qué esta falta de ayuda nos parece claramente un motivo de indignación?

–Si yo hubiese estado en esta situación –dijo Manuel–, me hubiese sentido responsable.

–¿A pesar de que eran personas totalmente desconocidas para ti? –preguntó Sebastián.

–Sí, por supuesto –dijo Manuel.

–Sebastián, ¿por qué esto te parece tan importante? –preguntó Gloria.

–Yo creo que la responsabilidad sólo es algo que, por ejemplo, tienen los padres por sus hijos –dijo Sebastián–, pero no veo tan claro que tengamos que sentirnos responsables por personas extrañas.

–En cierto modo Sebastián tiene razón –dijo el Señor Ibarra–. Los padres son responsables de sus hijos. Si no los ayudan a sobrevivir, es como si los mataran. Pero hay diversos grados de responsabilidad para con otras personas, por ejemplo, tenemos alguna responsabilidad para con nuestros amigos. No es igual a la que tienen los padres con sus hijos, pero sí existe. Por otra parte, es claro que no tenemos una responsabilidad para con todo el mundo.

–Pero, entonces –preguntó Manuel–, ¿cómo se explica el caso de los dos hombres que no ayudaron en el incendio?

–Se podría decir –dijo el Señor Ibarra–, que estos hombres, *en esta situación específica*, tenían una responsabilidad frente a estos niños, aunque no los habían visto antes y, en consecuencia, nunca habían tenido una responsabilidad para con ellos en general.

–¿Qué significa tener una responsabilidad para con alguien en una situación específica? –preguntó Sebastián.

–Sí, es extraño –dijo Manuel–, porque, ¿no tenían los tíos de Camila una responsabilidad parecida para con aquella mujer pobre y su hijo, en ese momento específico?

–Sí, tienes razón. Hay un cierto parecido entre ambas situaciones –dijo el Señor Ibarra–, y por eso es tan difícil discriminar entre los casos obvios y los casos intermedios. Sin embargo, estas diferencias existen, e incluso son diferencias de principio. Voy a intentar explicarlo. Imaginémonos que en el caso del incendio hubiera acudido una multitud de gente del barrio que podrían haber ayudado. En tal caso, no diríamos que precisamente esos dos hombres tenían la responsabilidad en ese momento. El caso de la mujer pobre es similar, ¿por qué precisamente los tíos de Camila deberían tender una responsabilidad mayor que otros?

–¿Es el hecho de ser los únicos que pueden ayudar lo que determina la responsabilidad? –preguntó Camila.

–Así lo creo, al menos en casos de este tipo de ayuda –dijo el Señor Ibarra–. El caso de la responsabilidad de los padres por los hijos es diferente. Aunque no sean los únicos que *pueden* ayudar a los hijos, ellos son los que están obligados a ayudarlos porque, desde el principio, tienen la responsabilidad por estos niños y no por otros, tal como un médico tiene la responsabilidad por sus propios pacientes y no por los de otro médico. Pero en el caso de un accidente, por ejemplo, la responsabilidad recae en los que casualmente están presentes. Esta parece ser la razón por la cual, en este caso, el no prestar ayuda causa indignación, mientras que en otros casos consideramos la ayuda más bien como una posibilidad moral, pero no como una obligación moral.

–¿Se podría aplicar también aquí la *regla de oro*? –preguntó Manuel.

–Creo que sí –dijo el Señor Ibarra–, pero hay que ser cuidadosos, porque fácilmente nos podría llegar a exigir que todos fuéramos santos. Probablemente, la tía de Camila pensaría: «Si yo fuera la mujer pobre, ¿qué comportamiento esperaría de los demás?», y a partir de su respuesta a esta pregunta concluyó que debía portarse de esa manera con ella.

–Pero, entonces, ese razonamiento era totalmente correcto –dijo Manuel.

–Es un poco engañoso –dijo el Señor Ibarra–. ¿Cómo crees tú que habría pensado la mujer pobre? Ella sabía que no podría ser una regla general que todos los indigentes debieran ser recibidos en las casas de otras personas y, por esto, ella no habría exigido ser recibida como si fuera un derecho, no lo habría visto como algo obligatorio. Su reacción, al no ser recibida, no sería de resentimiento. Y si hubiera sido recibida en casa, su reacción hubiera sido de agradecimiento, porque la ayuda prestada no habría sido algo obligatorio, sino un acto de generosidad.

–No estoy convencida –dijo Gloria.

–Lo que ocurre es que nos hemos confrontado con el problema más difícil de toda la moral –dijo el Señor Ibarra–. Personalmente creo que hay problemas morales a los que no podemos solucionar como individuos sino solamente en conjunto. Con esto quiero decir que se trata de casos en los que ninguna persona, considerada individualmente y por sí misma, tiene una responsabilidad, pero que, en cambio, todos tenemos una responsabilidad en común.

–Pero eso no resolverá el problema de los indigentes –dijo Camila.

–Yo creo que es el único camino –dijo el Señor Ibarra–. Al referirme a todos, me refiero a la comunidad, por lo tanto, quiero decir que se trata de un problema político. La responsabilidad de cada cual debería consistir en convencer a todos los demás de la necesidad de tener un gobierno que fuera más responsable en relación a los indigentes. Siendo un problema de todos, debe ser resuelto por un esfuerzo común.

–¿Quiere decir que en este sentido sí estamos moralmente obligados a resolver el problema de los indigentes? –preguntó Sebastián.

–Sí –dijo el Señor Ibarra–, ésa es mi opinión.

–Y si alguien dice que no le importa ese problema –dijo Manuel–, ¿podríamos decir que estaría violando una norma moral tan básica como las reglas de prohibición?

–Eso creo –dijo el Señor Ibarra–, aunque, como dije, se trata de una responsabilidad común.

–Pero, si decimos que es un problema de todos, o mejor, del gobierno, ¿no significa esto que se está liberando a los individuos de la obligación de solidaridad? –preguntó Camila.

–Eso no puede ser –respondió el Señor Ibarra–. Hay, y siempre habrá, una obligación de solidaridad. Es una consecuencia de la *regla de oro*, pero, en este caso, se trata de una obligación que no está claramente delimitada. Quisiéramos que todos fuesen más generosos, pero quererlo no significa poder exigirlo. Mi esperanza es que, tanto la comunidad en su totalidad, como también los individuos en sus relaciones con los demás, cambien de actitud y ofrezcan por sí mismos más ayuda. Sin embargo, el problema de la solidaridad es un problema moral que no se puede resolver, como en otros casos, simplemente señalando que las reglas son éstas o aquéllas y que el no observarlas es motivo de indignación.

Después de esta larga conversación los niños se despidieron y salieron de la Biblioteca. Estaban cansados y un poco sorprendidos de tantas cosas nuevas. Cada uno reflexionaba sobre sus obligaciones personales de ayuda a los demás.

–¿Qué ocurriría –preguntó de repente Gloria–, si alguien hiciera algo moralmente prohibido para ayudar a otra persona?

–Tu pregunta es un poco extraña –dijo Manuel.

–Es que me acabo de acordar de que una vez –dijo Gloria–, mi madre mintió para poder ayudar a alguien en un apuro.

–Cuéntanos –dijo Álvaro, que sentía curiosidad por este nuevo relato.

–Lo que pasó fue que mi madre vio a un joven correr desesperado, mientras otro lo perseguía con un cuchillo. Ella pensó que trataba de matarlo. Cuando pasó frente a nuestra casa, mi madre lo hizo entrar sin que el que lo perseguía se diera cuenta y cuando éste se acercó a la casa, señaló en una dirección haciendo ver que el joven había continuado corriendo hacia ese lado. Así que éste pudo escapar después más tranquilo en la dirección contraria. Aunque lo salvó en el último momento, en realidad mi madre había mentido, lo que normalmente nunca haría.

–Creo que tu madre actuó correctamente –dijo Camila–. En ese momento, ella tenía la obligación de ayudarle al joven perseguido.

–Estoy de acuerdo –dijo Manuel–. Me parece que si se trata de salvarle la vida a alguien ésta es una buena razón para mentir. Esto significa que aunque, en general, las obligaciones de ayudar son menos estrictas que las prohibiciones, obviamente hay casos en que la obligación de ayuda tiene prioridad sobre la observación de ciertas prohibiciones.

–Pero, para saber cuáles tienen prioridad sobre cuáles tendríamos que hacer un ritual de conjura para que aparezca el Señor Ibarra –dijo Álvaro mirando a Manuel con una sonrisa provocadora.

–A lo mejor no necesitamos trucos de magia –contestó Manuel–. Simplemente aplicamos otra vez más la regla de oro.

–¿Cómo imaginas que habría que hacerlo? –preguntó Camila.

–Pienso que en un caso en que dos obligaciones se contradicen –dijo Manuel–, como aquí la obligación de no mentir y la de prestar ayuda, deberíamos preguntarnos cómo tendría que ser la super-regla que en *este* caso debería ser válida por encima de *las dos* obligaciones. O sea, ¿qué quiero yo y qué quiere cada uno de nosotros que sea válido en un caso en que alguien es perseguido y sólo puede ser salvado con una mentira? ¿Hay que mentir y salvarlo, o hay que decir la verdad y dejarlo a la merced de sus perseguidores? ¿No parece claro que todos estaríamos de acuerdo (suponiendo que no somos el perseguidor) en que la super-regla debería decir: en todos los casos de este tipo, la obligación de ayudar es prioritaria? El perseguidor, naturalmente, no estaría de acuerdo, pero también él debería preguntarse qué preferiría si fuera el perseguido o si no estuviera implicado en la situación.

–Eres genial, Manuel –dijo Camila–. Si tienes razón, la consecuencia sería que si dos reglas se contradicen de esta manera, aplicaríamos el mismo truco de la regla de oro como en otros casos. Sólo tendríamos que preguntarnos qué regla preferimos como regla general. Por tanto, no dependería de nuestro gusto o capricho de cómo decidiríamos sobre el peso de las reglas. Ahora ya podemos ver esto sin el Señor Ibarra.

–¿Estás segura? –dijo Sebastián–. En este caso especial parece que sí. Pero pensemos en el ejemplo del farmacéutico que nos contó Camila el otro día. No parecía claro si era justificado que el padre del niño enfermo robara o no el medicamento.

–¿Cuáles serían en este caso las dos obligaciones que se contradicen? –preguntó Camila.

–Una sería la obligación de no robar –dijo Manuel–, y la otra la obligación de ayudar.

–Sí, exactamente –dijo Sebastián–. Pero ¿no ves que así tu truco no funciona? Porque en una necesidad tan extrema como la del padre ¿no se diría que estaría justificado que él robara el medicamento? Pero tu método lleva al resultado contrario, pues tu super-regla debería decir que siempre que alguien se encuentra en una necesidad extrema está permitido que robe.

–Bueno, y ¿por qué no? –preguntó Camila.

–Porque siempre hay gente en situaciones de necesidad extrema –dijo Sebastián y se puso a reír–. Si conviertes esto en una regla general, habría mucha gente que entraría a robar en las farmacias y los supermercados.

Manuel se quedó callado y un poco perplejo.

–Tal vez no has formulado correctamente la regla –dijo después de un rato–. En este caso hay que entender la obligación de prestar ayuda de una manera más específica. Tal ve podríamos decir así: siempre que se trata de un niño con una enfermedad que pone en peligro su vida, la obligación de prestar ayuda es prioritaria.

–¿De verdad? –respondió Sebastián–. ¿Y cuando la persona gravemente enferma es la madre? ¿O cuando unos niños pasan mucho hambre? Y, por cierto, ¿qué grado de gravedad debería tener exactamente la enfermedad de un hijo? Todo esto no quitaría que cierta gente entraría a robar en todas partes. Se derrumbaría el orden social.

–Esto sólo muestra que nuestro orden social es malo –replicó Gloria.

–Ya lo sabía antes –dijo Álvaro con una sonrisa de desdén–, hay que volver a consultar al Señor Ibarra.

7

La simpatía y la antipatía

Unos días después, en una de las clases de Biología, se discutió el tema de la teoría de la evolución. La profesora, la Señorita Mónica, explicó cómo habían evolucionado las distintas especies a lo largo de la historia de la Tierra.

–Señorita Mónica –dijo Gloria–, si los seres humanos hemos evolucionado a partir de los animales, ¿cómo fue que empezamos a respetarnos?

–Entre los animales no existe el respeto –dijo la Señorita Mónica–, pero tampoco existe la agresión entre los animales de una misma especie.

–¿No existe la agresión entre los animales de una misma especie? –interrumpió Manuel sorprendido.

–Bueno –dijo la Señorita Mónica–, hay agresión, pero sólo en circunstancias especiales. Los hombres, en cambio, muchas veces sentimos antipatía y aun agresión hacia otras personas y, sin embargo, también existe en nosotros una necesidad de convivencia y de cooperación, aun cuando no exista la simpatía. Por eso se necesita la moral.

–¿O sea, que los animales no tienen moral? –preguntó Álvaro.

–Esto depende de la definición que se le dé a la palabra *moral* –contestó la Señorita Mónica–. Entre muchas especies de animales existe un cierto altruismo, pero es mejor si hacemos una distinción entre la palabra «moral» y la palabra «altruismo». El altruismo en los animales está guiado por los instintos.

–¿Qué es exactamente el altruismo? –preguntó Gloria.

–El altruismo –dijo la Señorita Mónica–, es lo contrario del egoísmo. Llamamos egoísmo el actuar en interés propio. Las acciones son altruistas cuando se hacen en interés de los otros. Cuando una madre se sacrifica por su hijo, actúa de manera altruista, tanto si es una madre humana como si es un animal. Pero también es una conducta altruista cuando un pájaro, al ver un ave rapaz, da un grito de alarma, porque así advierte a los otros y atrae la atención a sí mismo. Lo que pasa es que en los animales esta conducta está fijada previamente. Ellos tienen que comportarse así, mientras que los seres humanos pueden reflexionar si quieren actuar así. A esto se debe que el altruismo humano está al menos en parte determinado por normas.

–¿Qué son las normas? – preguntó Álvaro.

–Las normas son reglas prácticas –dijo la Señorita Mónica–. Donde hay normas hablamos de un deber. Así, por ejemplo, decimos: no debes matar. El pájaro, en cambio, no emite su grito de alarma porque debe hacerlo. Para el pájaro no hay un «por qué». Lo hace porque tiene que hacerlo. La diferencia consiste en que los seres humanos no tienen que actuar como deben actuar. En este sentido son libres, porque también pueden no actuar como deben actuar. No todas las normas son obligaciones morales. También una regla de juego es una norma, y hay muchos otros tipos de normas.

–Pero, entonces, ¿qué es lo específico de las normas morales? –preguntó Manuel.

–Si quieres saber de qué clase de normas se trata –contestó la Señorita Mónica–, puedes preguntarte qué pasa si no se las respeta. Cuando en una partida de ajedrez o en un partido de fútbol no te atienes a las reglas, es decir, infringes las normas, los otros no querrán seguir jugando contigo. En cambio, lo específico de las normas morales es que si las violas, los demás reaccionarán con indignación.

–Sobre la indignación nos habló el Señor Ibarra el otro día –dijo Manuel–. Nos explicó que la indignación, el resentimiento y el sentimiento de culpa están relacionados entre ellos. Los actos que nos hacen sentir indignación cuando los cometen otros, nos producen sentimientos de culpa cuando los cometemos nosotros mismos.

–Sí, así es –dijo la Señorita Mónica –. Por esto sólo podemos aprender estas normas morales en conexión con los sentimientos morales de indignación y de sentimiento de culpa. Es decir que las obligaciones morales tienen que ser aprendidas. No se trata, como en los animales, de conductas regidas por los instintos. Por esto, en los seres humanos, el altruismo es, al menos en parte, una forma de actuar que se guía por normas, y, en realidad, sólo de este altruismo normativo podemos decir que es moral. Pero, no todas las acciones altruistas de los seres humanos son morales. Cuando actuamos por amor o simpatía, no actuamos como *debemos* actuar. Pero incluso cuando actuamos por simpatía es algo muy diferente de lo que harían los animales, porque siempre podemos actuar de otra manera.

–No entiendo muy bien. ¿Qué quiere decir con norma moral? –preguntó Álvaro–. ¿Qué es el contenido de una norma moral?

–Seguramente conocen la regla de oro –dijo la Señorita Mónica–. Esta regla dice: «Lo que no quieres que te hagan otros, no lo hagas a los demás» Pero ¿por qué hay que actuar así? Creo que existe una norma básica que consiste en respetar a los demás. Y respetar a los demás significa reconocer sus derechos. Reconocemos que todos los seres humanos tienen ciertos derechos, y cuando tenemos una relación muy estrecha con una persona, por ejemplo, cuando se trata de nuestros padres o amigos, estos tienen derechos especiales. A los derechos de los demás corresponden nuestros deberes. A una relación de este tipo se llama conceptos correlativos. Si A tiene un derecho frente a B, entonces B tiene un deber frente a A y viceversa. Ahora puedo explicar más fácilmente cuál es la diferencia entre el altruismo moral y el altruismo de los animales. La moral consiste en la obligaciones, por ejemplo, la obligación de cumplir una promesa. De los animales, en cambio, no podemos decir que tengan obligaciones ni que deban hacer algo.

–¿Quiere decir –preguntó Sebastián–, que tenemos la obligación moral de respetar a todos los demás aunque no nos sean simpáticos?

–Sí, así es –dijo la Señorita Mónica.

–Lo que no entiendo –dijo Gloria–, es por qué no basta con la simpatía.

–La simpatía –dijo la Señorita Mónica–, es demasiado limitada, además, no es constante. A veces, incluso sentimos odio hacia una personas que queremos. Esto puede parecer raro, pero así sucede. La antipatía, por otra parte, muchas veces es la primera fase del odio abierto, y el odio de uno produce odio en el otro y el odio recíproco conduce a peleas y a la guerra. ¿Se imaginan lo que ocurriría en la sociedad si sólo existieran la simpatía y la antipatía?

–Habrían diferentes pandillas –dijo Álvaro.

–Sí, seguro –dijo Sebastián–, y siempre estaríamos a punto de pelear unos contra otros.

–Por esa razón –agregó la Señorita Mónica–, se ha dicho que la moral tiene la función de superar la limitación de nuestras simpatías. Otros dicen que la moral sólo es una ampliación de la simpatía. Pero yo pienso que esto no es correcto. El reconocimiento y el respeto son otra cosa que la simpatía, y por eso lo característico de la moral es decir: «Aunque no te sean simpáticos debes respetarlos».

La Señorita Mónica se levantó de su mesa cuando sonó el timbre y se despidió. Todos salieron al patio con muchas ganas de tomar el aire.

–¿Qué les pareció lo que dijo la Señorita Mónica? –preguntó Álvaro a sus amigos, cuando estuvieron fuera de clases.

–No sé –dijo Camila–, no estoy segura.

–¿Qué te preocupa? –le preguntó Gloria.

–Si tenemos que respetar a las personas que nos desagradan –dijo Camila–, esto significa que nuestros padres tienen razón cuando nos obligan a portarnos bien con personas que no queremos.

–¿En qué estás pensando? –preguntó Manuel.

–Tengo una prima que no me cae muy bien –explicó Camila–. Una vez, ella se enfermó y estuvo mucho tiempo en cama. Mi madre me dijo que tenía que ir a verla porque se sentía muy sola. Yo, por supuesto, no quería ir, pero mi madre me dijo que era mi deber hacerlo. Yo le contesté que no la quería, pero ella me dijo que aunque no la quisiera tenía que ir a verla. Eso me dio mucha rabia, pero finalmente tuve que hacerlo.

–Parece –dijo Gloria–, que tu madre te estaba tratando de enseñar que debemos respetar a las personas aunque no nos resulten simpáticas.

–Estoy de acuerdo con Gloria –dijo Manuel–, ¿no crees, Camila, que ése es el comportamiento moral correcto?

–Sí, ahora creo que sí –dijo Camila después de un momento–. Pero entonces no lo comprendí y sólo me dio mucha rabia.

–A mí me parece –dijo Álvaro–, que el respeto se aplica a los que no son nuestros amigos o a personas que no conocemos muy bien.

–¿Por qué piensas eso? –preguntó Manuel.

–Yo creo que también debemos respetar a nuestros amigos –dijo Gloria, antes de que Álvaro pudiera contestar.

–Y a nuestros familiares también –agregó Camila.

–Y nuestros padres también deberían respetarnos a nosotros –dijo Sebastián.

–¿Por qué dices eso con tanta solemnidad? –preguntó Gloria.

–Bueno –dijo Sebastián–, nuestros padres nos quieren y, sin embargo, a veces no nos respetan.

–Eso me parece muy extraño –dijo Álvaro.

–Te voy a dar un ejemplo –respondió Sebastián–. Una vez vino de visita a mi casa una amiga de mi madre con su hijo, un chiquillo muy pequeño. Mi madre quiere mucho a este pequeño, y quería regalarle algo. Esto me parece normal, pero ¿qué hizo? Le regaló uno de mis autos de carrera. Yo no estaba, así que no pude decir nada y sólo me di cuenta cuando volví a casa por la noche. No estaba precisamente contento. Creo que en esta situación mi madre me faltó al respeto, porque debió de pedirme permiso.

–Sí –dijo Camila–, yo también creo que los padres a veces son injustos. Cuando uno va a celebrar su cumpleaños, uno debe tener derecho a invitar sólo a sus amigos y los padres no tienen derecho a invitar a otras personas, pero casi siempre lo hacen.

–Entonces –dijo Manuel–, esto quiere decir que Álvaro estaba equivocado cuando dijo que el respeto se aplica sólo a los que no son nuestros amigos. Ahora me queda más claro que también es necesario respetar a las personas que uno quiere.

–Pero, ¿cómo se te ocurre que alguien que ama a otra persona no la va a respetar? –dijo Álvaro.

–¡Mira! –dijo Camila–, tengo un amigo al que no le gusta que sus familiares lo besen. Parece que su madre y sus hermanas lo quieren tanto que no pueden parar de darle besitos y hacerle caricias todo el día. Yo creo que él se siente tratado como si fuese una muñeca. No se siente respetado a pesar de que lo quieren mucho.

–A mi primo le pasa algo parecido –dijo Gloria–. Cuando su madre lo acompaña al colegio, siempre le da unos grandes besos de despedida. Pero a él eso le desagrada mucho y yo creo que es porque sus compañeros se ríen de él. Yo creo que mi tía debería respetarlo y no debería besarlo en público.

–Sí, tienes razón. Esos ejemplos son muy buenos –dijo Manuel–. Nos muestran que lo que a Álvaro le parecía contradictorio, puede pasar al mismo tiempo. Incluso si una persona ama mucho a otra, puede ocurrir que trate de imponerle sus gustos y, de esta manera, va a limitar la autonomía de la otra persona. Si esto ocurre, diríamos que le está faltando el respeto, aún cuando la ama.

–Esto también se ve –dijo entonces Sebastián–, cuando algunos padres obligan a sus hijos a estudiar una determinada profesión, porque consideran que eso es lo que los hará felices cuando sean adultos. Pero no consideran lo que los hijos realmente quieren hacer. No respetan sus decisiones y tratan de imponerles algo en contra de lo que ellos desean.

–Creo que tienen razón –dijo Álvaro–, lo que pasa es que mis padres no son así.

–Entonces, no basta con amar a otra persona –agregó Camila–, porque el amor no exime de la obligación de respetarla.

–Estoy de acuerdo contigo, Camila –dijo Manuel–. Si uno ama a una persona, eso no quiere decir necesariamente que la respeta. Y, al revés, tampoco es necesario amar a una persona para respetarla.

El día siguiente volvieron a tener clase de Biología.

–Señorita Mónica –dijo Gloria rápidamente cuando entró la profesora–, ¿podemos continuar un poco más con lo que usted nos dijo ayer sobre el deber de los seres humanos de respetarse siempre? Me queda todavía una pregunta sobre lo que conversamos.

–Está bien –dijo la Señorita Mónica–, pero sólo unos minutos. También tenemos que seguir con la biología.

–Si el respeto es tan importante –dijo Gloria–, no entiendo por qué los niños no sólo se hacen daño unos a otros cuando pueden obtener ventajas, sino también por el puro afán de molestar y burlarse.

–Sí –reafirmó Álvaro con energía–, se hacen bromas pesadas, se ríen de los defectos físicos de sus compañeros y se ponen sobrenombres. Bueno –continuó diciendo Álvaro bajando un poco la voz–, ahora me doy cuenta de que yo también lo hago a veces, pero no sé por qué.

–Una explicación de esto –dijo la Señorita Mónica–, es la que dan los psicólogos. Dicen que molestamos a los demás mientras todavía no hemos desarrollado un sentido del valor propio. Queremos saber quiénes somos y qué valor tenemos, por eso necesitamos delimitarnos de los demás.

–Pero ¿por qué hay que hacer esto molestando a los otros? –preguntó Camila.

–El burlarse de los demás es una manera de desvalorizarlos –dijo la Señorita Mónica–. Así, cuando lo hacemos, nos sentimos, en comparación, un poco más seguros de nuestro valor.

–Pero eso está muy mal –dijo Manuel.

–Es una etapa necesaria por la que hemos de pasar –dijo la Señorita Mónica–, y es inocente si no va más allá.

–¿Qué significaría ir más allá? –preguntó Gloria.

–Yo creo que lo sé –dijo Camila–. Si quiero molestar a alguien, a ti por ejemplo, te puedo decir que eres fea, pero tú sabes que no eres fea, de modo que, aunque te moleste, no es grave. Pero si yo le digo esto a una compañera que no es muy bonita o que tiene el sentimiento de ser fea, puede ser muy hiriente.

–Deberíamos definir un poco más claramente cuáles son los límites de las bromas –dijo la Señorita Mónica– y cómo podemos saber si algo es gravemente hiriente para otra persona.

Hubo un momento de silencio. Luego, Gloria tomó la palabra.

–Yo creo que uno debe ponerse en el lugar de la otra persona –dijo–, y preguntarse cómo se sentiría uno si fuese ella.

–Sí –dijo Manuel–, hay que aplicar la *regla de oro.*

–Veo que ya han aprendido mucho del Señor Ibarra –dijo la Señorita Mónica.

–Pero los niños siempre se molestan –dijo Sebastián–. No se ponen en el lugar de los otros.

–Es verdad –dijo la Señorita Mónica–. Esto se debe a que, cuando estamos creciendo, hay dos tendencias opuestas en nosotros. Por un lado, tendemos a molestar y a burlarnos de los demás. Por otra parte, en la medida en que nuestra conciencia moral se desarrolla, nos damos cuenta de que dañar o herir a las demás personas no está bien. Al final de este desarrollo, la conciencia moral debería tener la fuerza para refrenar la tendencia a desvalorizar a las otras personas. Esto sería la madurez moral.

–Pero –dijo Álvaro–, ¿qué pasa si uno no se puede controlar? Eso parece muy difícil cuando uno tiene mucha rabia.

–Es verdad lo que dices. Esto puede ser muy difícil –dijo la Srta. Mónica–. Por otra parte, la reflexión moral no debería llevar a una persona, y mucho menos a un niño, a reprimir todos los sentimientos antisociales y agresivos. Esto conduciría a una actitud hipócrita y tal vez a sentimientos de culpa irracionales.

Álvaro pareció muy satisfecho con esta respuesta.

–¿Qué es lo que se puede hacer, entonces? –preguntó Manuel.

–Es necesario educar –dijo la Señorita Mónica–, pero una educación moral no debe consistir en reprimir simplemente el egoísmo. Por el contrario, la agresividad debe entenderse como parte de nuestra realidad y, por lo tanto, como algo legítimo de nuestra personalidad. La educación debería consistir en poder integrar la parte agresiva dentro de una comprensión conjunta de toda la vida humana. Hay que comprenderla en lugar de reprimirla.

–¿Y cómo se puede lograr eso? –pregunto Manuel.

–Los niños deberían ser animados a reconocer y a admitir sus deseos de agresión –contestó la Señorita Mónica–, en vez de vivir en dos mundo opuestos que no tienen comunicación entre sí.

–Pero –objetó Camila–, ¿no significaría eso permitir que se falte al respeto a las demás personas?

–No, esto sería exagerado –dijo la Señorita Mónica–. Las personas deben aprender a expresar su agresividad, sin que esto signifique faltarles al respeto a los demás. Lo importante es entender que la relación entre la moral y la agresión es una relación de subordinación y no una oposición excluyente.

–¿Qué debería hacer uno, entonces –preguntó Manuel–, si por alguna razón está enojado con otra persona?

–¿Qué piensan ustedes que se debería hacer? –preguntó, a su vez, la Señorita Mónica.

–Se debería tratar de confrontar a esta persona, conversar con ella, pero sin agredirla o insultarla –dijo Camila.

–¿Qué piensan los demás? –preguntó la Señorita Mónica.

–Creo que ésa es la conducta adecuada –dijo Gloria.

–Pero, a veces, uno está demasiado enojado para conversar –dijo Sebastián.

–Entonces tienes que esperar hasta que estés más calmado –contestó Camila.

–Es que no es tan fácil –dijo Sebastián.

–Nadie dijo que fuera fácil –contestó Camila con una sonrisa.

Los alumnos no hicieron más preguntas y la Señorita Mónica siguió con la clase de Biología. Manuel se había impresionado mucho con la respuesta de Camila y se quedó pensando en ella. Casi al final de la clase, Manuel preguntó:

–Señorita Mónica, ¿qué ocurre con los adultos cuando se enojan? ¿Se respetan o se dicen cosas hirientes?

–Yo creo que no son mejores que los niños –dijo Sebastián en voz baja.

–Bueno –dijo la Señorita Mónica–, los adultos han aprendido a comportarse más tranquilamente en la comunidad, pero también se burlan, aunque no lo hacen abiertamente. Quiero decir que tienen formas más sutiles de despreciar a los demás.

–¿Qué quiere decir? –preguntó Gloria.

–A veces la gente divulga cosas privadas de otras personas para perjudicarles –dijo Camila.

–Yo pienso que lo que ocurre en los estadios de fútbol es un buen ejemplo –dijo Álvaro–. Los seguidores de un equipo le dice cosas hirientes al otro equipo, para afirmar el valor del suyo.

–Es verdad –dijo la Señorita Mónica–. Lo que ocurre en el fútbol es similar a las burlas de los niños chicos. Aunque, si sólo se trata de burlas, también puede ser algo inocente.

–Yo no creo que sea tan inocente –agregó Sebastián–, cuando se recurre a la violencia física y se golpean entre sí. Hasta ha habido muertes en los estadios por esta razón.

–Tienes toda la razón –dijo la Señorita Mónica–. En ese caso ya no tiene nada de inocente.

–O sea, que los seguidores de un equipo deberían aprender a respetar a los del equipo contrario, tal como las personas tienen que aprender a respetar a las demás personas –dijo Manuel.

–Yo creo que eso es lo que pasa en los partidos internacionales –dijo Álvaro–, todos los seguidores se unen para apoyar al equipo de su país.

–Sí –dijo Gloria–, pero agreden a los seguidores de los equipos de otros países.

–¿Tú crees que también se debería respetar a los seguidores de equipos extranjeros? –preguntó Álvaro.

–Yo creo que sí –dijo Gloria.

–Detengámonos un momento sobre este punto –dijo la Señorita Mónica–. Hasta ahora, a ustedes les ha parecido claro que los seguidores de los equipos de nuestro país se deben respetar, pero cuando se habla de extranjeros parecen surgir algunas dudas. ¿Creen ustedes que los extranjeros no merecen el mismo respeto que se debe a las personas del propio país?

–Yo creo que sí –dijo Sebastián–, y no entiendo cómo podríamos no respetarlos.

–Parece que consideramos desde un principio –dijo la Señorita Mónica–, que las personas extranjeras son inferiores y que, en consecuencia, no tienen los mismos derechos que nosotros. ¿No les parece que eso es lo que está latente cuando se habla de las personas de origen oriental? Lo mismo podría ocurrir con los grupos minoritarios aquí en Chile, como los mapuches, los pascuenses, los aymarás, los gitanos y otros grupos que también viven en nuestro país.

–Yo creo que tenemos que respetarlos a todos por igual –dijo Manuel–, porque cuando aplicamos la *regla de oro*, decimos que deseamos que todas las personas se respeten.

–Lo que pasa –dijo Sebastián–, es que esas personas son diferentes de nosotros, tienen costumbres que no conocemos muy bien y por eso las rechazamos.

–Es cierto –dijo la Señorita Mónica–, nos parecen diferentes porque tienen costumbres que no comprendemos, pero, ¿no crees que deberíamos luchar contra ese sentimiento de rechazo?

–Sí, pero, ¿cómo? –preguntó Camila.

–El sentimiento de rechazo –dijo la Señorita Mónica–, puede inducirnos a no respetarlos. Y, si la causa del rechazo es, como dice Sebastián, que no conocemos sus culturas, entonces deberíamos tratar de conocerlas. Esto sería especialmente importante en la relación con los países vecinos.

–¿Por qué justamente éstos? –preguntó Gloria.

–Porque los Estados –dijo la Señorita Mónica–, son como los individuos. Desarrollan un orgullo nacional que refuerza su sentimiento de valor propio y que puede convertirse fácilmente en agresión contra el Estado vecino. Se amenaza y se provoca igual que los niños. Esto es peligroso porque estas amenazas pueden desbordarse y acabar en guerras. Pero también es peligroso, porque en la locura de las guerras se desfiguran los conceptos morales.

–¿Qué significa esto? –preguntó Manuel.

–Por ejemplo, un concepto como valentía –dijo la Señorita Mónica– puede adquirir un sentido distorsionado. De golpe sólo son valientes aquellos que son partidarios de la defensa militar. Pero la historia muestra que los casos de guerra defensiva y de guerra ofensiva no son fácilmente distinguibles. Es semejante a lo que ocurre cuando los niños se pelean. Las guerras, en general, surgen de amenazas recíprocas, y la verdadera valentía consiste, tanto en lo nacional como en lo personal, en contenerse, en no entrar en estos círculos de odio que al final pueden estallar en violencia.

–¿Siempre se debe evitar la violencia? –preguntó Álvaro.

–Por supuesto –dijo la Señorita Mónica–, lo moralmente correcto es hacer todo por la paz.

–¿Esto quiere decir –preguntó Camila– que podemos usar la *regla de oro* también con las naciones?

–Sí –dijo la Señorita Mónica–, la *regla de oro* tiene una aplicación universal. Tal como los niños deben aprender a controlar sus antipatías, los gobiernos también tienen que aprender a ser cautelosos. El fomentar el odio contra otros pueblos no sólo es algo peligroso porque puede llevar a una guerra o a la discriminación, sino que es en sí mismo algo inmoral.

8

Responsabilidades y castigos

Todos los alumnos estaban nerviosos y preocupados. Esperaban con ansiedad que volviera la Señora Verónica que había salido precipitadamente de la sala y les dijo que tenía que hablar en serio con ellos, porque así no podían seguir las cosas. ¿A qué se había referido?

Manuel observaba preocupado que uno de sus compañeros, Juan, tenía la cabeza inclinada y una extraña sombra le cubría la cara. Manuel se preguntó qué sería lo que le pasaba.

Cuando la Señora Verónica volvió a la sala de clases, comenzó a aclarar las cosas.

–¡Muy bien niños! –dijo–. Vamos a comenzar. Necesito que todos ustedes cooperen y que todos sean lo más sinceros que puedan. Lo que ha sucedido es grave y no saldremos de esta sala hasta que hayamos logrado aclararlo plenamente. Así que cuanto más pronto hablen los que saben algo más rápidamente terminaremos con este asunto.

–Pero, Señora Verónica –dijo Camila–, ¿por qué no nos dice de qué se trata?

–Perdón, Camila, creí que ya todos lo sabían –dijo la Señora Verónica–. El trabajo de investigación de Ciencias Naturales de Roberto ha desaparecido. Él asegura haber hecho su tarea, pero, al momento de entregarla, se encontró con la carpeta vacía. La profesora de Ciencias no le creyó a Roberto y le puso un uno por presentarse sin la tarea. El problema es que la tarea no pudo haber desaparecido así por las buenas. O algún gracioso la escondió, o algún mal intencionado la hizo desaparecer para perjudicar a Roberto, o, no quiero ni pensarlo, alguien la presentó como propia.

Los niños se impresionaron mucho por la seriedad de la Señora Verónica. Sabían, por sus ademanes y por el tono de su voz, que estaba profundamente molesta.

Por un momento, nadie dijo nada. Entonces habló Roberto. Todavía estaba con los ojos enrojecidos. Se notaba que había estado llorando.

–Por favor –dijo–, si alguien me la escondió, que me la devuelva, yo les aseguro que no me enojaré. Aunque me dolió, me doy cuenta de que puede ser una broma. Pero ya se ha convertido en una broma demasiado pesada.

–Sí –dijo Gloria–. Esto ya no tiene nada de gracioso. Además, ya pronto va a tocar la campana para irnos a casa, pero no podremos salir hasta que esto no se aclare.

–No es justo que nos tengamos que quedar todos por algo que no hicimos –protestó Álvaro.

–Lo siento mucho –dijo la Señora Verónica–, pero de aquí no se mueve nadie hasta que no hayamos aclarado lo que pasó. Así que, si alguien sabe algo, que lo diga ahora.

–¡Yo fui! –dijo sorpresivamente una voz. Era Juan. Su mirada era inexpresiva, pero su voz sonaba desafiante, como si hubiera tenido que hacer acopio de toda su fuerza para poder confesar.

–¿Por qué, Juan? –preguntó suavemente la Señora Verónica.

Ante este inesperado tono de comprensión, la voz de Juan se quebró, su barbilla comenzó a tiritar y sólo se atrevió a hablar con voz entrecortada.

–Yo no había hecho la tarea. Ya tengo dos notas malas en esa materia. Mi padre me va a pegar si llego con otra nota mala.

–¿Quieres decir que robaste la tarea de Roberto y la presentaste como tuya? –preguntó la Señora Verónica.

–Sí –dijo Juan entre sollozos–. Perdóneme, Señora Verónica. Perdóname Roberto.

En ese momento tocó la campana.

–Los demás pueden irse –dijo la Señora Verónica–. Tú, Juan, te quedas aquí conmigo. Iremos a ver al rector.

Manuel se había impresionado, al igual que los demás, con lo ocurrido. Sin embargo, permaneció silencioso mientras caminaba con sus amigos.

–¿Creen que la Señora Verónica va a castigar severamente a Juan? –preguntó Sebastián.

–¿Quieres decir que lo podría echar del colegio? –dijo Álvaro.

–No lo creo –dijo Camila.

–¿Crees que va a llamar al apoderado? –insistió Álvaro–. Sabes que si lo llama, el padre de Juan le va a pegar muy fuerte.

–No sé –dijo Camila–. ¿Por qué no esperamos hasta mañana para saberlo?

Cuando Manuel estuvo en su casa, reflexionó más profundamente sobre el incidente. Lo que le preocupaba era lo que la Señora Verónica haría con respecto a Juan. Le parecía importante pensar todo el problema de los castigos. Por eso comenzó a hablar inmediatamente de este tema con sus padres.

–Mamá –dijo Manuel–, ¿crees que es correcto castigar a los niños?

–En algunos casos parece ser necesario –respondió su madre–, si han hecho algo que está mal.

–Quizá –dijo Manuel. Luego, tratando de expresar mejor su preocupación, agregó–: pero castigar a alguien es hacerle un mal, ¿no te parece que no es correcto hacerle un mal a una persona, aunque ella le haya hecho un mal a otra?

–No estoy segura, hijo –dijo su madre–, pero, ¿no crees que si un niño ha hecho algo que está mal, merece un castigo?

Manuel asintió en silencio, pero sólo se quedó conforme a medias. Lo que decía su madre le parecía razonable, pero él no podía dejar de pensar que había algo errado en el hecho de castigar.

Más tarde, cuando llegó su padre, Manuel insistió en el tema.

–Papá –dijo Manuel–, ¿no te parece que no está bien castigar a los niños, aunque hayan hecho algo que está mal?

–Eso depende –dijo su padre–, pero, ¿qué es lo que te preocupa? ¿Consideras, acaso, que el castigo es una forma de venganza?

–Sí, justamente –dijo Manuel sorprendido, como si la pregunta de su padre le hubiese aclarado qué era lo que le estaba molestando.

–Algunas personas piensan –continuó diciendo su padre–, que el castigo es una retribución por un mal. Es decir, el castigo tiene el sentido de restablecer una especie de equilibrio que se ha roto.

–Pero eso significaría –dijo Manuel–, que está permitido causarle un mal a otra persona solamente porque ella, a su vez, ha causado un mal. ¿De qué sirve añadir un mal a otro?

–Muchos consideran que esta teoría es insatisfactoria, precisamente por lo que tú señalas –respondió el padre–. Para mucha gente el sentido del castigo es, más bien, disuadir a las personas de hacer un mal.

–¿Disuadir? ¿Qué significa eso? –preguntó Manuel.

–Quiere decir hacerles entender a las personas que no les conviene actuar así. De modo que la meta del castigo no es la retribución, sino simplemente evitar que se repitan acciones que están mal. Es decir, es una forma de hacer que la persona aprenda a comportarse bien.

–Pero –insistió Manuel–, si se trata de aprender, ¿no sería mejor conversar con la persona y explicarle por qué estuvo mal hacer lo que hizo?

–Sí, sería lo ideal –dijo su padre–, pero, ¿no crees que esas conversaciones muchas veces no funcionarían?

Manuel no contestó, se puso a imaginar la conversación entre Juan, la Señora Verónica y el director.

–Tal vez –agregó su padre–, sería una buena idea que conversaras con tus profesores sobre este tema.

Al otro día, mientras caminaba hacia el colegio, Manuel divisó a Juan y corrió hacia él.

–¡Qué bueno que te encuentro! –dijo Manuel–, estaba preocupado por ti. ¿Cómo te fue con el rector?

–Bastante bien –dijo Juan–. Me dio un castigo que tengo que cumplir en el colegio.

–¿Entonces, no llamó a tus padres? –preguntó Manuel.

–¡No! –dijo Juan–, por suerte el rector fue muy comprensivo. Hablamos mucho rato. Al final, me dijo que por ser la primera vez que yo hacía algo así y porque se daban cuenta de que yo estaba arrepentido, no les iba a decir nada a mis padres. Pero, me dijo que tenía que tener un castigo que pudiera cumplir en el colegio. Además, dijo que le iba a pedir a la profesora de Ciencias Naturales que me diera otra oportunidad.

La explicación de Juan dejó tranquilo a Manuel.

–Señora Verónica –dijo Manuel, en la primera oportunidad en que volvió a tener clases con ella–, ¿es verdad que se castiga a las personas para enseñarles a comportarse correctamente?

–El castigo se debería emplear sólo en casos extremos –dijo la Señora Verónica–, pero una de las tareas fundamentales de la educación es enseñarles a los niños a comportarse bien, aunque esto hay que entenderlo en un sentido amplio.

–¿Qué quiere decir? –preguntó Manuel.

–No sólo debemos castigar las acciones que causan un daño a las demás personas –respondió la Señora Verónica–. En el caso específico de los niños, también es necesario preocuparse de aquellas acciones que pueden ser dañinas para ellos mismos.

–Eso me parece un poco extraño –dijo Manuel.

–¿Por qué? –dijo la Señora Verónica–. ¿No te parece evidente que los niños son personas que aún no han aprendido a preocuparse debidamente por su propio bien? Es por esta razón que necesitan ser controlados por sus padres y profesores.

–¿Y los adultos? –preguntó Gloria–, ¿no necesitan ser controlados?

–Se presupone que un adulto tiene la capacidad de ocuparse suficientemente por su propio bien –dijo la Señora Verónica.

–Pero, ¿qué ocurre si no lo hace? –preguntó Camila.

–Si se comprueba que un adulto no tiene, en general, la capacidad de controlarse –dijo la Señora Verónica–, debe ser tratado como un niño y, en ese caso, se le pone bajo tutela, como ocurre con algunas personas mentalmente enfermas.

–Pero hay personas que pueden controlarse –dijo entonces Manuel–, y, sin embargo, hacen cosas incorrectas.

–Es cierto –dijo la Señora Verónica–. En ese caso será necesario castigarlas, pero solamente si se trata de acciones que causan daño a otras personas.

–¿Quién está autorizado a castigarlos? –preguntó entonces Sebastián.

–Si un adulto le causa un daño a otra persona sólo el Estado tiene autoridad para castigarlo –dijo la Señora Verónica.

–¿El Estado? –dijo Gloria sorprendida.

–Sí, el Estado, por medio de sus instituciones –dijo la Señora Verónica–. Si no, tendríamos la ley de la selva. Se presupone que los adultos han adquirido su *plena responsabilidad*. ¿No han escuchado la expresión *ser mayor de edad*? Esto quiere decir que el adulto tiene la capacidad de elegir deliberadamente entre el bien y el mal, por lo tanto, puede preocuparse por su propio bien, pero también significa que es responsable ante las leyes del Estado.

–Entonces –preguntó Gloria–, ¿si causa un daño a otra persona, puede ser castigado?

–Así es –dijo la Señora Verónica–. Pero si se daña a sí mismo, el Estado no tiene derecho a interferir. Eso depende de su propia responsabilidad y lo único que cabe es esperar que él se dé cuenta por sí mismo de que se está haciendo un daño.

–A mí no me gusta que me controlen –dijo Álvaro mientras conversaba con sus amigos en el descanso después de la clase.

–A nadie le gusta –respondió Manuel.

–Pero, ¿qué pasa si uno no puede controlarse? –preguntó Sebastián.

–Te pueden poner bajo tutela –dijo en broma Camila.

–Estoy hablando en serio –dijo Sebastián un poco molesto.

–Bueno, perdóname –dijo Camila.

–Cuando me molestan trato de controlarme, pero si tengo mucha rabia, no puedo –dijo Álvaro.

–¿Qué haces en ese caso? –preguntó Camila–, ¿agredes a la otra persona?

Álvaro no respondió, pero asintió con la cabeza.

–Eso no está bien –dijo Gloria.

Manuel estaba de acuerdo con Gloria, pero se quedó callado. La conversación con sus amigos le había hecho resurgir sus dudas sobre el castigo.

–Deberíamos hablar con el Señor Ibarra –dijo Manuel, después de un rato.

–¿Por qué? –preguntó Sebastián.

–Me gustaría preguntarle cómo llega un niño a adquirir la responsabilidad de un adulto –respondió Manuel.

Después del almuerzo, Manuel se fue a la Biblioteca y algunos de sus amigos le acompañaron.

–Señor Ibarra –dijo Manuel con gran soltura, iniciando la conversación–, tenemos otra vez un problemas que no podemos resolver por nosotros mismos. ¿Podría decirnos en qué momento un niño se transforma en adulto?

Al Señor Ibarra se le escapó una sonrisa.

–¿Crees que esto pasa así de un día para otro? –dijo.

–En realidad –dijo Manuel–, lo que nos preocupa es saber cuándo una persona puede ser considerada responsable y puede ser castigada.

–Tal como ustedes imaginarán –dijo el Señor Ibarra–, se trata de un proceso lento. Sería absurdo suponer que, antes de alcanzar la mayoría de edad a los dieciocho años, los niños no tengan ningún sentido de responsabilidad y luego, el día de su cumpleaños, de golpe esa responsabilidad se les cae del cielo.

–Pero esta mayoría de edad está claramente fijada en la Constitución –objetó Camila.

–Es verdad –dijo el Señor Ibarra–, pero ese límite que impone la ley es, en parte, inevitablemente arbitrario. La mayoría de edad significa que una persona se convierte en plenamente responsable ante la ley, porque se considera que ya tiene suficiente autocontrol como para guiarse a sí misma. Nadie va a pensar que esto ocurre de golpe en una fecha exacta. Además, el aprender a ser responsable, o a ser capaz de controlarse a sí mismo, es un proceso que dura toda la vida. El ser menor de edad, por otra parte, no significa que se carezca totalmente de sentido de responsabilidad.

–¿Quiere decir que nosotros también somos responsables de todo lo que hacemos? –preguntó Sebastián.

–Sí –dijo el Señor Ibarra–, pero la responsabilidad tiene dos sentidos. En un primer sentido alguien es *responsable* si se le puede imputar lo que ha hecho, si se le puede reprochar y decirle: fue tu culpa, tú habrías podido actuar de otra manera. Los niños, desde una edad bastante temprana, son responsables en este sentido.

–¿Y cuál es el segundo sentido? –preguntó Camila.

–El segundo sentido se refiere a la plena responsabilidad ante la ley. Decimos que una persona es plenamente responsable si se puede presuponer que tiene capacidad de controlarse lo bastante para poder evaluar las ventajas e inconvenientes de sus actos. Eso es lo que suponemos de un adulto normal. En comparación con la etapa en que se es menor de edad, esto tiene sus lados positivo y negativo. Lo positivo es que uno puede actuar de manera independiente y que ya no está bajo la tutela de sus padres, pero esto tiene la desventaja de que ahora tiene que responder por sus actos ante la ley.

Los niños se quedaron pensativos, reflexionando sobre lo que significaría ser una persona plenamente responsable, pero el Señor Ibarra prosiguió:

–Tal como ya dije, se trata de un proceso lento. El sentido de responsabilidad crece a medida que el niño crece. Una buena educación consiste, precisamente, en ayudarle al niño a que poco a poco comience a sentirse responsable.

–¿Hay que castigar a los niños para que aprendan a ser responsables? –preguntó Gloria.

–El castigo es el último recurso cuando los niños no aprenden a comportarse –dijo el Señor Ibarra–, tal vez, sería útil distinguir algunas fases en este proceso. Un bebé, por ejemplo, aún no puede elegir entre diversas posibilidades de actuar y no tiene ninguna responsabilidad en el primer sentido que vimos antes. No tiene sentido castigarlo. Lo único que se puede hacer es evitar que pueda hacerse un daño a sí mismo o causarlo a otros.

–Eso me parece muy bien –dijo Gloria–. Pero ¿qué pasa más adelante?

–Más adelante –continuó el Señor Ibarra–, hay una fase en que ya se tiene una cierta capacidad de aprender y de controlarse a sí mismo, pero todavía falta la capacidad de hablar. Un castigo leve puede ayudarle al niño a aprender que no debe hacer ciertas cosas.

–¿No cree que se debería evitar castigar a un niño tan chico? –preguntó Gloria.

–No sé –dijo el Señor Ibarra–. Hay personas que dicen que ningún castigo está bien, porque siempre conduce a un sentimiento de humillación. Según ellos, debemos ofrecerles la oportunidad a los niños pequeños de hacer sus propias experiencias con los peligros de este mundo, bajo la protección de los adultos, eso sí, para que no les ocurra algo desastroso. Pero, aún si uno no toma esa posición tan radical, en todo caso es necesario evitar los castigos duros, las humillaciones o las burlas hirientes. Todo esto sería moralmente equivocado y podría provocar un comportamiento neurótico.

–¿Y cuál es la fase siguiente? –preguntó entonces Camila.

–Desde el momento en que se puede hablar con el niño, se le pueden hacer reproches –dijo el Señor Ibarra– y, si el reproche es suficiente, no se le debe castigar de otra manera. Mejor aún que reprocharle es explicarle al niño por qué no debe actuar de determinada manera. A esta edad los niños ya tienen la capacidad de elegir entre varias alternativas y son capaces de reflexionar un poco, aunque todavía no como los adultos.

–¿Qué es lo que les falta? –preguntó Manuel, que había estado en silencio escuchando atentamente toda la conversación–, ¿qué es lo que les falta, o mejor dicho, que nos falta a nosotros para convertirnos en adultos?

–Me parece que lo fundamental es que los adultos deberían haber aprendido a controlar sus emociones –respondió el Señor Ibarra.

En ese momento llamaron al Señor Ibarra, de modo que la conversación tuvo que terminar ahí. Los amigos salieron de la Biblioteca y durante el camino continuaron conversando sobre la última respuesta del Señor Ibarra.

–No me queda claro lo que significa tener control sobre las emociones –dijo Álvaro.

–Creo que el Señor Ibarra se refería a lo que tú mismo señalabas –dijo Manuel–, cuando decías que no te podías controlar, si tenías mucha rabia.

–¿Quieres decir que debemos evitar el sentir rabia? –dijo Sebastián.

–De ninguna manera –dijo Manuel–. Yo creo que si no tuviéramos la capacidad de sentir rabia seríamos demasiado pasivos, no seríamos capaces de defendernos cuando otros nos hacen daño. Por eso me parece que sentir simplemente rabia no es un problema. Sólo lo es si perdemos el control y comenzamos a agredir a los demás.

–A mí también me parece que agredir está mal –dijo Camila–, porque se le causa un daño a la otra persona. Pero yo creo que el Señor Ibarra también se refería a que no sabemos controlarnos cuando se trata de cosas que van en nuestro propio beneficio.

–Eso no lo entiendo, ¿qué quieres decir? –dijo Gloria.

–Por ejemplo –siguió Camila–, a todos nos cuesta hacer las tareas. Preferimos salir a pasear, conversar con nuestros amigos o ver la televisión. Sin embargo, las tareas son importantes para nosotros porque nos ayudan a aprender. Al fin y al cabo las hacemos en nuestro propio beneficio.

–¿Crees que es por eso que nuestros padres se ponen tan severos cuando no hacemos las tareas? –preguntó Sebastián.

–Sí –dijo Camila–, yo creo que ellos tratan de ayudarnos a ser responsables.

–¿Realmente crees que el castigo nos puede ayudar? –preguntó Álvaro.

–En realidad, es difícil de creer que el castigo sea algo positivo –dijo Sebastián, apoyando a Álvaro.

–Yo tampoco estoy convencido –dijo Manuel–. Siempre pensé que el castigo era algo malo, porque era como una especie de venganza o una forma de agresión. Además, aunque la intención del castigo fuera el bien del niño y aunque el castigo fuera lo más leve posible e, incluso, fuera verbal y no físico, el niño siempre lo sentiría como una opresión por parte de los padres o, por lo menos, como una expresión del poder que tienen sobre él. ¿No creen que esto puede causar resentimiento o incluso odio?

Cuando Camila llegó a su casa, conversó con sus padres sobre el tema.

–¿Creen ustedes que los castigos son positivos? –preguntó Camila.

–Eso depende un poco del tipo de castigo, ¿no lo crees? –dijo su madre.

–Y también de la falta –dijo su padre–. Tal vez podríamos pensar en un caso concreto. Si un niño rompe un jarrón, por ejemplo, es suficiente si le llamas la atención y le dices que la próxima vez debe ser más cuidadoso. Si queremos llamar esto un castigo, es una ayuda para él, porque le enseña cómo debe comportarse en el futuro. Si lo golpeas con una vara o una correa, en cambio, es muy negativo, porque las palizas no le enseñan a ser responsable.

–Es cierto –dijo Camila y pensó en los castigos que algunos de sus amigos tenían que sufrir.

–La función del castigo es enseñarle a un niño a adquirir autocontrol –continuó diciendo su padre–. Es por esto que cuando se castiga a un niño también debe hacérsele entender por qué está mal actuar de esa manera. Así, en una próxima ocasión parecida, el niño podrá saber por sí mismo lo que debe hacer.

–En ese caso ya no sería necesario castigarlo –dijo Camila.

–Claro. Piensa en todo lo que hacemos antes de castigarte –dijo su madre.

–Pero ustedes casi nunca me castigan –dijo Camila.

–Justamente –dijo su madre–. Primero te explicamos por qué es mejor no hacer algo, luego te reprochamos si insistes en hacerlo.

–Y después me castigan –agregó Camila.

–No exactamente –dijo su madre–, antes de castigarte te prohibimos hacer algo. Como puedes ver, el castigo es lo último, y normalmente podemos prescindir de él.

–Y aún el castigo tiene limitaciones –agregó su padre.

–¿Qué quieres decir? –dijo Camila.

–El niño también tiene sus derechos y debe poder defenderse –dijo el padre–, es decir, tiene que darse cuenta de que ha hecho algo que está mal y entender por qué está mal.

–¿No es eso obvio? –preguntó Camila.

–No, desgraciadamente no es obvio –dijo su padre–. Muchas veces los padres castigan a sus hijos sin darles explicaciones. Ni siquiera se aseguran de que sean realmente culpables.

–¿Por qué hacen eso? –preguntó Camila.

–Porque están cansados, porque castigar es más fácil que explicar o reprochar, en fin –dijo su padre–, hay muchas razones.

–El castigo físico es especialmente peligroso –dijo su madre–, porque puede fácilmente convertirse en un acto de crueldad. Algunos padres, cuando castigan a sus hijos, descargan en ellos sus problemas y frustraciones.

–Pero –preguntó Camila–, ¿por qué es tan difícil aprender a controlarse a sí mismo?

–Porque la naturaleza nos ha dado más emocionalidad de la que necesitamos –dijo la madre–. Ha dejado que nosotros mismos encontremos el justo medio, y eso es precisamente lo que debemos aprender en una buena educación que, en cierto sentido, continúa durante toda la vida. Sólo tienes que fijarte en cómo se inquietan los adultos cuando creen que se les está privando de algún bien.

–Si lo piensas bien, tener la capacidad de controlarse a sí mismo es prácticamente lo mismo que ser responsable –dijo el padre–. Y esto significa que una persona responsable es capaz de elegir cómo quiere vivir. Algunas veces se usa también la palabra *autonomía* para referirse a la capacidad de autocontrol.

–¿Quieres decir que los niños pequeños aún no la tienen? –preguntó Camila.

–Si la tienen, sólo será en parte –dijo su padre–, porque todavía no tiene una suficiente conciencia del futuro.

–¿Qué importancia tiene aquí el futuro? –preguntó Camila.

–Quiero decir que aún carecen de la capacidad de renunciar a un placer presente que tal vez será un mal en el futuro –respondió su padre.

–O para lograr un placer más profundo y duradero –agregó su madre.

–¿Como hacer las tareas en vez de ver la televisión? –preguntó Camila.

–Ese es un muy buen ejemplo –dijo su madre sonriendo, porque a Camila le costaba a veces despegarse del televisor.

–En todo caso –dijo su padre–, los niños están demasiado inmersos en los placeres o emociones del momento. Tal vez saben que con esto podrían acarrearse un perjuicio en el futuro, pero esta conciencia no tiene todavía la fuerza suficiente como para influir en su comportamiento actual. Es por esta razón que necesitan ser controlados por sus padres y profesores.

–¿Y los adultos son diferentes en eso? –preguntó Camila.

–Se supone que los adultos son capaces de evitar su propio mal –dijo su padre–. El que sean capaces, sin embargo, no significa que efectivamente pongan en práctica esta capacidad. De hecho, entre los adultos existen grandes diferencias entre sus distintos grados de autocontrol.

–¿Quieres decir que algunos adultos deberían ser controlados por otras personas? –preguntó Camila.

–Esto sería un poco excesivo –dijo su padre–. En una democracia estamos convencidos de que sería una falta de respeto tratar a personas que ya han cumplido cierta edad como si fueran niños. Por eso, desde que llegamos a ser mayores de edad, el castigo tiene limitaciones: la única instancia que tiene derecho a castigar a los mayores de edad es el Estado; y sólo tiene derecho a castigar los daños que se les causan a otros y que están especificados en la ley. Además, el castigo nunca puede ser inmediato, sino que sólo puede ocurrir después de una defensa del reo ante un tribunal.

–Yo sigo pensando –dijo Camila–, que debería haber una manera de educar a los niños sin ningún castigo. A pesar de todo lo que ustedes han dicho, pienso que todo castigo crea odio. Por eso, creo que se debería evitar castigar a los niños. Me parece que el castigo sólo tiene sentido en relación con los adultos que cometen crímenes y sólo como un medio de protección de la sociedad.

–Tal vez tengas razón –dijo su padre–. Habría que pensar más sobre el tema.

9

Autonomía y virtudes

Señor Ibarra –dijo Álvaro, quien había llegado primero cuando los amigos fueron de nuevo a la Biblioteca–, la última vez nos interrumpieron y usted nos dejó con un tema nuevo. ¿Nos podría decir ahora qué significa tener control sobre las emociones?

–Tal vez –dijo el Señor Ibarra–, deberíamos mirar el problema desde otra perspectiva. ¿Han oído hablar alguna vez de las virtudes?

–No –dijeron los niños con un poco de extrañeza.

–En tiempos pasados –dijo el Señor Ibarra–, hablar de las virtudes era algo habitual. Creo que son importantes para nuestro tema, porque podríamos decir que el autocontrol consiste en dos virtudes: la valentía y la moderación.

–¿Cómo se relacionan con el autocontrol? –preguntó Álvaro, un poco confundido.

–Ambas virtudes consisten en la capacidad de controlar las emociones –dijo el Señor Ibarra–. El valiente es capaz de controlar los sentimientos de miedo y dolor. La moderación, en cambio, controla los sentimientos de placer. Como ven, son estos sentimientos los que hay que controlar, el dolor y placer.

–No lo veo del todo claro –dijo Gloria.

–Pienso que en el colegio podemos encontrar un ejemplo. Hay personas que estudian mucho y aunque no saquen muy buenas notas, se esfuerzan –dijo Camila–. Se podría decir que son valientes. En cambio, hay otros que también tienen problemas, pero sólo porque no se esfuerzan y prefieren divertirse. Podríamos decir que no son moderados con sus sentimientos de placer.

–Me parece que lo has explicado muy bien –dijo el Señor Ibarra.

–Ahora entiendo –dijo Gloria.

–Justamente esto es lo que siempre me ocurre a mí –dijo Álvaro con resignación–. Siempre prefiero divertirme en vez de estudiar.

–El autocontrol es algo muy difícil –dijo el Señor Ibarra– y por eso la educación debe enfatizar estas virtudes. Una vez que el niño adquiere esta capacidad, se presupone que entonces también es capaz de limitar sus propios deseos en favor del bien de otros, o de cualquier cosa que la ley ordena y esto significa que es responsable ante la ley.

–¿Es entonces cuando se convierte en un adulto? –preguntó Manuel.

–Sí –dijo el Señor Ibarra–, pero el proceso de adquisición del autocontrol del adulto nunca termina. En todo caso se presupone que tiene la capacidad de educarse a sí mismo, aunque, como sabemos, muchas veces no usa esta capacidad.

–¿Qué significa exactamente la palabra *virtud*? –preguntó Sebastián.

–En un sentido filosófico –dijo el Señor Ibarra–, se llama virtud a toda buena disposición de la voluntad hacia el bien propio o el bien de otros.

–¿El bien de otros? –preguntó Sebastián.

–Sí –dijo el Señor Ibarra–. Es verdad que la valentía y la moderación son virtudes en primer lugar para con uno mismo, pero también hay virtudes como la benevolencia, la justicia y el ser confiable que son disposiciones orientadas al bien de los demás.

–Cuando se tienen aquellas primeras virtudes –preguntó Sebastián–, ¿también se tienen que tener las otras?

–No, no necesariamente –dijo el Señor Ibarra–. Una persona egoísta carece de las virtudes relacionadas con el bien de otros, pero la valentía y la moderación son indispensables también para el egoísta.

–Eso me parece muy extraño –dijo Manuel–. ¿Significa que una persona puede autocontrolarse y, sin embargo, puede causarles un daño a las demás personas?

–Desgraciadamente, así es –dijo el Señor Ibarra–. Una persona puede ser plenamente responsable, plenamente autónoma y puede tener un total autodominio sobre sí misma y, sin embargo, puede ser un criminal.

–¿Es verdad eso? –preguntó Gloria.

–Es que no tenemos que ser tan ingenuos –dijo el Señor Ibarra–, es indudable que hay gente que planifica cuidadosamente sus fines egoístas y no les importa dañar a los demás e incluso finge que lo que hace es por el bien de todos.

–Me doy cuenta de que eso puede suceder –insistió Manuel–, pero no logro entender cómo una persona autónoma y plenamente responsable pueda, sin embargo, ser inmoral.

–Pero, esto no es tan difícil de entender –dijo el Señor Ibarra–. Una persona plenamente responsable puede tener una actitud puramente egoísta y aún criminal. Ser racional, autónomo y plenamente responsable no significa querer ser moral. Uno va a ser moral sólo si le importa no actuar de una manera que los demás consideran despreciable y que causa indignación. Pero una persona puede actuar de un modo perfectamente racional y controlado y, sin embargo inmoral, es decir, de un modo que merece la indignación de los demás.

–Me interesaría que volvamos a hablar del concepto de autonomía –dijo Camila–. Hemos usado esta palabra varias veces en nuestra conversación, pero no he entendido claramente qué significa. ¿Es lo mismo la autonomía que la responsabilidad?

–Estás planteando una pregunta bastante difícil –contestó el Señor Ibarra–. Intentaré explicarlo pero tendrán que prestar mucha atención; si no, no van a entender nada. ¿Se acuerdan que en nuestra última conversación distinguimos entre dos conceptos de responsabilidad?

–Sí –dijo Manuel–, yo me acuerdo. Uno es el de la responsabilidad como imputabilidad y la otra es la plena responsabilidad ante la ley.

–¡Muy bien! –dijo el Señor Ibarra complacido–. Veo que tienes buena memoria.

–Él se acordará, pero yo ni me acuerdo ni entiendo nada –protestó Álvaro–. ¿Qué significa *imputabilidad*?

–Bueno, no te preocupes –dijo el Señor Ibarra–. Voy a explicarlo de nuevo: el primer sentido de responsabilidad es el de *imputabilidad.* Esto quiere decir que consideramos responsable a alguien cuando tiene sentido decirle: esto es tu culpa, podrías haber actuado de otra manera. Es decir, cuando consideramos que a esa persona puede imputársele haber hecho algo. El segundo sentido de responsabilidad es lo que llamé *responsabilidad plena ante la ley.* Hemos dicho que una persona a la que la ley considera mayor de edad y por eso jurídicamente responsable, tiene la capacidad de controlarse a sí misma y también de cuidar de sí misma. Por eso es una persona libre, que no está bajo la tutela de otros, y que tiene que responder por sus actos ante la ley.

–¿Y cómo se relaciona la responsabilidad con la autonomía? –preguntó Camila.

–A eso iba –dijo el Señor Ibarra–. También de la autonomía se habla en dos sentidos, pero aunque se relacionen, ninguno de los dos coincide con los dos sentidos de responsabilidad.

–Eso es muy complicado –dijo Álvaro.

–Sí, ya se los advertí antes –dijo el Señor Ibarra–. Pero, como pequeña ayuda para entenderlo, puede ser útil partir del significado original de la palabra *autonomía. Autonomía* viene del griego y significa *darse uno a sí mismo la ley.*

–¿Y qué significa eso? –preguntó Camila.

–Tienes razón, no es fácil de entender –dijo el Señor Ibarra–. La palabra *autonomía* fue usada, en primer lugar, en relación a pueblos, no a individuos, y en ese contexto el sentido es más fácil de entender: significaba que eran los propios ciudadanos de la nación los que, por ejemplo, mediante elecciones, se daban las leyes a sí mismos. Así, se habla de autonomía política para distinguir a un país que se gobierna a sí mismo de uno que depende de un gobierno ajeno. Por ejemplo, si un país es colonia de otro o si hay un grupo étnico dentro de un Estado que no tiene derecho de autodeterminarse –como los mapuches en Chile– puede decirse que no tienen autonomía o que luchan por alcanzar su autonomía.

–Eso lo entiendo –dijo Camila–. Pero, ¿qué puede significar que una *persona* sea autónoma?

–Significa que una persona se da a sí misma las reglas de su actuar. Esto puede tener dos sentidos: en un primer sentido vemos ya en los niños muy pequeños que quieren ser *autónomos*, es decir, quieren decidir ellos mismos qué van a hacer y quieren actuar con independencia.

–¿Se refiere a que les gusta comer solos, aunque se ensucien? –preguntó Gloria.

–Sí –dijo el Señor Ibarra–, e, incluso, hacer cosas que son peligrosas para ellos, como subirse a los muros y a los árboles, o caminar solos por calles con mucho tráfico o lanzarse a la piscina cuando todavía no saben nadar. Este deseo de autonomía es como un deseo de independencia. Así como hablamos de la independencia de un pueblo, así también todo individuo, incluso un niño chico, quiere decidir por sí mismo, no quiere que otro lo mande, quiere estar libre. Este es el primer sentido que tiene la palabra *autonomía*, cuando la aplicamos no a naciones, sino a individuos: estar libre, ser independiente de otra persona. Pero, si al niño chico se le dejara actuar tan autónomamente como él quiere, podría dañarse gravemente, incluso, podría matarse, y ésta es precisamente la razón por la cual otras personas tienen que hacerse responsables de él y, en ciertos casos prohibirle hacer lo que quiere.

–¿Es por eso que siempre debe haber alguien que cuide de los niños? –preguntó Gloria.

–Sí –dijo el Señor Ibarra–, alguien tiene que hacerse responsable de ellos, precisamente porque todavía no son responsables por sí mismos. Vemos entonces que la autonomía, en este primer sentido, o, por lo menos, el deseo de autonomía, es aún más básica que la responsabilidad en su primer sentido.

–Todavía no me queda clara la relación entre autonomía y responsabilidad –dijo Sebastián.

–Se trata de una relación compleja –dijo el Señor Ibarra–. Para entenderla es necesario hacer un recorrido por toda la escala de los grados de libertad de un individuo. Esto significa comprender el proceso de desarrollo de la voluntad.

–¿Y cuáles serían esos grados? –preguntó Manuel.

–Bueno, la primera fase –dijo el Señor Ibarra–, es la autonomía en este primer sentido del que acabamos de hablar. La segunda fase sería la responsabilidad en el sentido de imputabilidad. La mera autonomía significaba simplemente poder hacer lo que uno quiere y ya un niño chico quiere esto, en una edad en que todavía no es capaz de deliberar y ni aún de obedecer.

–¿Ni aún de obedecer? –preguntó Camila.

–Si una madre atraviesa la calle con un niño de dos años, no puede confiar en que el niño le va a obedecer, por eso tiene que tomarlo de la mano, si es necesario, incluso por la fuerza –respondió el Señor Ibarra–. Ahora, cuando el niño desarrolla, más adelante, un primer sentido de responsabilidad, es decir cuando ya tiene la capacidad de tomar en cuenta algo más que sólo lo que le da la gana en el momento, la madre puede dialogar con él cuando atraviesan la calle. Podrá decirle cosas como: «ten cuidado, mira hacia delante, no tropieces», o también, «eso era tu culpa, como no te has fijado has chocado con esta señora».

–Es cierto –dijo Álvaro–. Eso me decía mi madre, cuando era pequeño.

–Ahora, cuando comienza a tener sentido decir a un niño que fue su culpa –siguió diciendo el Señor Ibarra–, entonces quiere decir que estamos hablando de imputabilidad. Eso significa que el acto se le imputa a él, a su voluntad libre, se le dice que habría podido actuar de otra manera. ¿Entieden ahora que son dos grados distintos de libertad? Uno es el de la autonomía simple, es decir, poder hacer lo que uno quiere, y el otro es el de la responsabilidad como imputabilidad?

–Ahora lo entiendo mucho mejor –dijo Sebastián–, pero todavía nos quedan otros grados de libertad que recorrer.

Además, todavía no veo tan clara la relación entre la autonomía y la responsabilidad.

–Lo que pasa –dijo el Señor Ibarra–, es que faltan cosas por explicar. Cuando hablamos de imputabilidad suponemos que la persona tiene la capacidad no sólo de hacer lo que quiere sino también de no hacer algo, porque puede saber que esto sería dañino para ella o que sería moralmente malo. Esto implica que ya tiene la capacidad de seguir una regla cuando actúa. Recuerden que dijimos que ser autónomo es darse la regla a uno mismo. El niño chico, que quiere ser independiente pero que todavía no tiene ninguna responsabilidad, ya se determina a sí mismo, pero todavía es incapaz de seguir una regla, y mucho menos una regla propia. El niño mayor, en cambio, ya es capaz de seguir reglas, pero todavía no son reglas propias; son los padres, por ejemplo, los que le dicen: «si has hecho una promesa, debes cumplirla», y el niño tiene la capacidad de seguir la regla y también de violarla. Recuerden ahora lo que dijimos cuando hablamos de la regla de oro. ¿Se acuerdan que vimos que existe la posibilidad de imponerse mutuamente reglas que cada uno quiere que valgan? Aquí tenemos una autonomía en el segundo sentido, un sentido que corresponde a la definición original: la persona vive según reglas que se ha impuesto a sí misma.

–¿Entonces, esta plena autonomía es lo mismo que usted había llamado responsabilidad plena? –preguntó Manuel.

–No. Claro que no –respondió el Señor Ibarra–. Lo que llamé responsabilidad plena es simplemente la imputabilidad de una persona adulta. Dijimos que un mayor de edad es responsable ante la ley. Pero esta autonomía formal no significa que la persona adulta de hecho se controla a sí misma, sólo se presupone que tiene la capacidad de hacerlo. Si miran lo que pasa a su alrededor, pueden observar que muchas veces los adultos son casi como niños. Lo único que pasa cuando una persona tiene plena responsabilidad es que ya no hay nadie que se vaya a preocupar de él cuando pierda el autocontrol, excepto la policía y la justicia.

–Déjeme ver si lo he entendido bien –dijo Manuel–. Usted quiere decir que hay que distinguir entre la capacidad de autocontrol y el controlarse realmente a sí mismo en la práctica. Se supone que alguien que es mayor de edad tiene la capacidad de autocontrolarse, pero sólo si, de hecho, se controla a sí mismo se puede decir que es autónomo en sentido pleno, es decir, que no sólo es independiente, sino que es dueño de sí mismo.

–Exactamente –dijo el Señor Ibarra.

–Todo esto me parece demasiado complicado –dijo Álvaro–, creo que no entiendo nada.

–Pero no es tan difícil de entender –dijo Manuel–. Lo que el Señor Ibarra está mostrando es que se deben distinguir cuatro etapas de la libertad: primero, la autonomía simple: el deseo de decidir por sí mismo; segundo, la responsabilidad en sentido de imputabilidad: la capacidad de actuar según reglas; tercero, la plena responsabilidad que se puede caracterizar como responsabilidad ante la ley, pero también como la capacidad de ser autónomo; y cuarto, la autonomía plena. Esta consistiría en ser dueño de sí mismo, que es lo mismo que el autocontrol.

–¡Espera! Déjame ver si lo capté –dijo Sebastián–. Son cuatro etapas. Primero: hacer lo que uno mismo quiere: autonomía simple; segundo: responsabilidad como imputabilidad; tercero: responsabilidad ante la ley; cuarto: autocontrol, autonomía en el sentido de decidir cómo se quiere vivir. ¿Es correcto así, Señor Ibarra?

–Lo has resumido muy bien –dijo el Señor Ibarra. Para que entiendan mejor los dos significados de «autonomía» quiero añadir todavía que en la autonomía en el primer sentido la persona sólo se distancia en su voluntad de las otras personas, es decir, quiere hacer lo que ella misma desea. En cambio, sólo en el segundo sentido aparece el aspecto de que uno mismo se impone sus reglas. *Entre* estos dos significados están los dos niveles de responsabilidad: en estos niveles la persona aún no se da ella misma las reglas, pero ya puede seguir una regla.

–Lo que todavía no he entendido, Señor Ibarra, fue lo de la regla de oro –dijo Manuel–. Porque si sólo la persona que es moral en el sentido de la regla de oro es plenamente autónoma, esto estaría en contradicción con lo que usted decía antes, que una persona puede controlarse totalmente a sí misma y, sin embargo, ser inmoral.

–Yo me refería a la regla de oro sólo como un ejemplo de autonomía plena –dijo el Señor Ibarra–. Una persona que es moral de una manera autónoma, vive según reglas que ella misma se da, pero además, en segundo lugar, vive según aquella regla de la que quiere que también los demás se la den a sí mismos. Pero alguien también es autónomo cuando se controla a sí mismo y vive según una regla que sólo es la suya. Tal como vimos, una persona puede ser totalmente autocontrolada y, por lo tanto, autónoma y ser al mismo tiempo un egoísta desconsiderado. Los grandes criminales de la historia fueron personas con un gran poder de voluntad que, la mayoría de las veces, implicaba que se podían dominar a sí mismos, pero sacrificando a los demás a sus intereses. Como ven, casi podríamos definir la moral como un quinto nivel, pero no sería correcto, porque no se trata de un nivel superior de libertad, sino sólo de una forma determinada del cuarto nivel.

Manuel había escuchado atentamente.

–Lo que aún no entiendo, Señor Ibarra –dijo–, es por qué la moral está sólo al final del cuarto nivel; no importa si es un quinto nivel independiente o no. Si la moral presupone la responsabilidad ante la ley, entonces sólo los adultos pueden ser morales. ¿No sería un poco extraño?

–Tu deducción es muy inteligente –dijo el Señor Ibarra–. Quiero decir dos cosas para que lo comprendan bien. En primer lugar, no debes entender la responsabilidad ante la ley de una manera demasiado exterior. Ya vimos que la norma de ser mayor de edad a los 18 años es forzosamente arbitraria. Evidentemente, también una persona de 14 años puede haber alcanzado ya la madurez psicológica de un adulto. Esto se refiere a que esta persona ha adquirido la capacidad de decidir por sí misma qué clase de persona quiere ser, es decir, según qué reglas quiere ordenar su vida. Por esta razón la responsabilidad «en sentido pleno», o sea el tercer nivel, es, en efecto, el presupuesto para el cuarto nivel, para la autonomía. Ahora bien, en segundo lugar, es evidente que los niños ya pueden actuar moralmente, y no sólo en forma de una moral autoritaria, sino en la de una moral autónoma. Recordarán que al comienzo de nuestras conversaciones hemos distinguido estas dos formas de moral. Y sin embargo, de un niño aún no se puede decir que vive de manera autónoma. Aunque puede seguir unas reglas autónomas en actos aislados, en conjunto aún no puede actuar plenamente según reglas autónomas. La pregunta de qué peso una persona quiere dar a la moral en su vida sólo se plantea cuando llega a ser responsable en sentido pleno. Antes de serlo, se puede actuar moralmente o también de manera egoísta, pero si y en qué medida uno se entiende como persona moral o como egoísta, esto es algo que sólo es posible cuando uno es un adulto en sentido psicológico.

Todos quedaron callados y pensativos. En medio de este silencio, Gloria preguntó:

–Señor Ibarra, ¿cree usted que un egoísta puede ser feliz?

–Esto es un tema muy amplio –contestó el Señor Ibarra–. Creo que deberíamos dejarlo para otro día.

10

El sentido de la vida y la felicidad

Camila, Manuel y sus amigos volvían a sus casas y caminaban lentamente mientras conversaban. Al llegar a la pequeña plaza con la fuente, se detuvieron como siempre ante el quiosco para mirar los nuevos números de las revistas en que aparecían sus estrellas de cine favoritas. También se fijaron con mucho interés en los titulares de un periódico que decía: «¡Suicidio misterioso!» Más abajo se relataba que dos amigas se habían suicidado lanzándose juntas a un barranco. Habían dejado una carta en la que decían que no había que culpar a nadie de su muerte y solicitaban que, en caso de quedar en estado vegetal, no se las mantuviera artificialmente vivas, sino que se las dejara morir. La carta, sin embargo, no hacía ninguna mención de las razones de su trágica decisión.

Todos quedaron muy impresionados y fue una suerte que pudieron hablar inmediatamente sobre este suceso.

–¡Qué tremendo! –dijo Camila–. ¿Qué las habrá llevado a eso?

–Sí, ¡qué extraño! –dijo Gloria–. No entiendo por qué hay gente que se suicida.

–No sé qué hay detrás de esto –respondió Camila–, pero tal vez tenían algunos proyectos que querían realizar y al no poder hacerlo, pensaron que no vale la pena seguir viviendo.

–¿Crees que se suicidaron porque consideraron que su vida dejó de tener sentido? –preguntó Manuel.

–Eso creo –dijo Camila.

–Yo pienso que más bien es al revés, que la vida no tendría sentido si todo terminara con la muerte –dijo Gloria.

–¿Por qué piensas eso? –preguntó Camila.

–Porque en la vida nunca se puede lograr todo lo que uno quiere –dijo Gloria–. Eso es lo que dice mi madre. Es por eso que yo creo que sólo después de la muerte se podrán cumplir todos nuestros anhelos.

–¿Crees que las personas se suicidan para tener una vida mejor? –preguntó Sebastián–. Eso me parece absurdo. Yo creo que se suicidan para escapar de una vida sin sentido.

–No. Lo que Gloria está diciendo es que la única vida que tiene sentido es la vida eterna, ¿no es verdad, Gloria? –dijo Camila.

–Sí –dijo Gloria–, yo creo que lo único que le da sentido a nuestra vida, es la vida que nos espera después de la muerte. Sólo tienen que pensar en los muchos sufrimientos, por ejemplo los de personas gravemente enfermas. ¿Cómo pueden dar un sentido a su sufrimiento?

Camila tuvo que pensar en el caso que había discutido con su tío y se preguntó cómo una persona que cumple una pena de cadena perpetua puede soportar su vida.

–Pero no todos piensan igual –dijo Álvaro–. Mucha gente dice que ésta es la única vida que tenemos y que hay que tratar de pasárselo lo mejor posible.

–Es verdad –dijo Gloria–, mucha gente dice eso, pero, para serte sincera, yo no puedo imaginarme que se pueda llegar a ser feliz si se piensa así.

–Yo pienso que la vida es muy breve y que la muerte se nos puede llevar en cualquier momento –dijo Sebastián–. Por eso creo que uno tiene derecho a gozar lo más que pueda de la vida. Además, si existe una vida después de la muerte es bastante dudoso.

Camila se quedó pensando en las opiniones de sus amigos. En realidad no estaba muy segura de cómo juzgar lo que ellos pensaban y se preguntaba si sería posible encontrarle un sentido a la vida dentro de la vida misma. Se había hecho tarde y el grupo se separó.

–Mamá –dijo Camila, cuando estuvo de vuelta en su casa–, ¿consideras que tu vida tiene sentido?

–Yo creo que sí –respondió su madre, un poco sorprendida por la pregunta–. En realidad no lo había pensado, pero me parece que el tener a tu padre como esposo y a ti como hija me hace muy feliz. Supongo que eso me da el sentimiento de que mi vida tiene un sentido.

–Pero –dijo Camila–, ¿qué significa exactamente que tu vida tenga sentido?

–No te podría dar una respuesta directa –respondió su madre–, pero me parece que cuando las personas son felices sienten que sus vidas tienen mucho sentido y cuando son infelices muchas veces no encuentran un sentido en su vida.

–¿Y qué significa ser feliz? –preguntó Camila–, ¿quiere decir pasarlo lo mejor posible?

–No, esto no es lo decisivo para la felicidad –dijo el padre de Camila, que estaba escuchando la conversación–. Pasarlo bien quiere decir sentir placer, pero el placer es algo momentáneo o, al menos, efímero. La felicidad, en cambio, es un sentimiento que se relaciona con toda nuestra vida.

–No entiendo del todo esta diferencia –dijo Camila.

–Los placeres no son duraderos, llega un momento en que se terminan, como el jugar algún tipo de juego, bailar o ir a la piscina –respondió su padre–, es cierto que contribuyen en algo a la felicidad de la vida, pero no hacen que tu vida sea realmente feliz.

–¿Por qué no? –preguntó Camila.

–Porque uno se cansa de ellos y se aburre –dijo el padre–. ¿Te imaginas lo que ocurriría si nuestra vida fuese sólo una sucesión de momentos de diversión con pausas de aburrimiento?

Al escuchar la palabra «aburrimiento», Camila tuvo que pensar otra vez en la vida en la cárcel, cumpliendo una pena de cadena perpetua, pero ahora no quería hablar de eso.

–Creo que a la larga uno se aburriría de todo –dijo al cabo de un momento.

–Justamente –dijo su padre.

–Pero, ¿por qué hay gente que dice que hay que pasarlo lo mejor posible? –insistió Camila.

–Hay personas –intervino su madre–, que consideran que el placer y la diversión es lo único que vale la pena, porque consideran que su vida no tiene objeto o es demasiado rutinaria.

–Sí, es verdad –dijo el padre–, hay ciertos placeres que la gente busca para olvidarse de lo aburrida y vacía que puede ser una vida sin sentido. Muchas de estas personas pueden llegar a convertirse en alcohólicos o drogadictos, cuando se sienten cansados de las diversiones. Otros pueden adoptar una actitud frívola ante la sexualidad, es decir, buscan aventuras amorosas porque les producen placer, pero no desean un compromiso. Sin embargo, no creo que esas personas sean felices.

–Mira Camila, a tu pregunta sobre el sentido de la vida realmente no tengo muchas respuestas –agregó su madre–. Pero lo que siempre me ha parecido claro es que cuando dos personas se enamoran, dicen que ahora su vida tiene sentido y que son felices, porque ambos entran en una relación que tiene que ver con la totalidad de sus vidas, no sólo con un momento pasajero, y es por eso que desean formar un hogar, para prolongar su relación en el futuro.

Camila comprendió muy bien lo que dijo su madre. Pero había algo que todavía la inquietaba. Si era posible que la vida tenía un sentido en sí misma, ¿por qué había tantas personas infelices y, especialmente, por qué eran infelices, aunque no vivían en la pobreza ni en la cárcel? Esto la preocupaba mucho y decidió volver a hablar con el Señor Ibarra.

Al otro día invitó a sus amigos a que la acompañaran a la Biblioteca para conversar con el Señor Ibarra sobre este tema.

–En realidad –dijo el Señor Ibarra, una vez que escuchó sus inquietudes–, la vida en sí misma no tiene sentido o, mejor, es neutral con respecto al sentido. Esto quiere decir que depende de nuestro esfuerzo que lo tenga, aunque también puede influir la suerte.

–¿La suerte? –preguntó Camila.

–Sí –dijo el Señor Ibarra–, no debemos olvidar que a muchas personas les toca nacer en condiciones desfavorables, como nacer pobre, o con alguna enfermedad grave, o en un país que está en guerra o donde hay a menudo catástrofes naturales. Estas personas tienen menos oportunidades para darle sentido a sus vidas y para ser felices.

Camila no dijo nada, pero escuchó con mucho interés.

–A pesar de esto –continuó diciendo el Señor Ibarra–, el que la vida tenga sentido depende en gran parte de nosotros mismos.

–¿Por qué dice usted que depende de nosotros mismos? –preguntó Manuel.

–Porque la vida adquiere sentido en la medida en que hacemos cosas creativas y constructivas para los demás –dijo el Señor Ibarra.

–¿Se refiere a cosas como construir puentes o ser un médico? –preguntó Gloria.

–Sí –dijo el Señor Ibarra–, y también a cosas más simples como escribir un cuento, dibujar, ayudar a los amigos a formar una familia.

–Pero –dijo Sebastián–, ¿qué ocurre con aquellas personas que fracasan en todo lo que se proponen? ¿Quiere decir que sus vidas carecen totalmente de sentido?

–Es difícil responder a eso –dijo el Señor Ibarra–. Pero, tienes razón. Nuestros proyectos fracasen a menudo. La vida está llena de riesgos. No obstante, asumimos muchas veces estos riesgos porque queremos hacer cosas que nos importan mucho. ¿No crees que sin estos esfuerzos la vida sería totalmente vacía y le faltaría tensión?

Sebastián no respondió inmediatamente, pensó un poco y respondió con otra pregunta:

–¿Realmente vale la pena empeñarse en hacer cosas que no estamos seguros de que resultarán?

–Yo creo que sí –dijo entonces Manuel–. Me parece que la mayoría de las veces tratamos de hacer cosas aunque sabemos que podemos fracasar. Ser un gran atleta, por ejemplo. Lo que a mí me preocupa, en cambio, es saber cómo podemos distinguir las cosas que vale la pena realizar de aquellas que no valen la pena.

–Hay muchas cosas que vale la pena realizar –replicó el Señor Ibarra–, basta con que piensen en lo que les gusta hacer.

–A mí me gusta tocar la guitarra –dijo Gloria.

–A mí me encanta jugar a los vídeos –dijo Álvaro.

–Yo creo que jugar a los vídeos no es algo muy satisfactorio –dijo Manuel.

–¿Por qué? –dijo Álvaro.

–Es muy rutinario –dijo Manuel–, es hacer siempre lo mismo y uno luego se aburre.

–Si uno se aburre puede jugar a otro juego –dijo Álvaro, sin dar su brazo a torcer.

–A mí me parece que tocar la guitarra es distinto de jugar a los vídeos –intervino Gloria–, porque a medida que uno practica, puede progresar.

–Yo pienso lo mismo –dijo Camila–, uno puede hacerlo cada vez mejor y puede, además, compartirlo con las demás personas.

–Esa parece ser una actividad satisfactoria –dijo el Señor Ibarra–, uno toca la guitarra porque le gusta, pero uno también puede proponerse ser un buen guitarrista y hacer que todos disfruten de lo que uno hace. Puede que uno no lo logre, pero vale la pena intentarlo.

–No me parece tan clara la diferencia entre jugar a los vídeos y tocar la guitarra –dijo Álvaro–. Uno también puede progresar en los juegos de vídeo y jugar con los amigos.

–Pero jugar a los vídeos es algo que sólo te entretiene por un rato, aunque lo hagas con tus amigos –replicó Manuel–, en cambio, tocar la guitarra es algo que te permite expresar tus sentimientos y los de otras personas, por lo tanto, es algo que va más allá de un entretenimiento personal.

–Sí –dijo Camila–, es como hacer algo artístico. Es algo que uno hace porque le gusta hacerlo, es original y, al mismo tiempo, es algo que otros pueden disfrutar.

–Tienes razón, hacer cosas artísticas puede, sin duda, darle sentido a nuestra vida –dijo el Señor Ibarra.

–¿Quiere decir que las cosas que consideramos satisfactorias apuntan a ciertas metas? –preguntó Camila.

–No exactamente –dijo el Señor Ibarra y se quedó pensando en lo que iba a decir–. En realidad, sería difícil pensar en una vida satisfactoria, si no se tienen metas. Sin embargo, como indicó Sebastián, siempre se corre el riesgo de fracasar en lo que uno se propone. Además, aunque uno alcance una meta, ¿qué ocurriría después de haberla logrado? ¿Nuestra vida volvería a caer en el vacío?

–¿Quiere decir que después de lograr una meta, la vida volvería a quedar sin sentido? –preguntó Sebastián.

–Sí, eso temo –dijo el Señor Ibarra–. Ustedes, por ejemplo, pueden proponerse como meta terminar el colegio con buenas notas, pero, ¿qué pasa después de haberlo logrado?

–Supongo que entonces nos pondremos otras metas –dijo Gloria–, como ir a la universidad.

–¿Y después de terminar la universidad? –preguntó Sebastián.

Gloria se sorprendió un poco con esta pregunta de Sebastián y no respondió.

–Me parece que lo que Sebastián quiere decir –dijo Manuel–, es que las metas son sólo una parte de nuestra vida, son semejantes a los momentos de placer, aunque no tan efímeras.

–Entonces es verdad que lo único que vale la pena es pasárselo bien –dijo Álvaro.

–El problema es –dijo el Señor Ibarra–, que la vida humana es un proceso continuo que no se puede fragmentar. Nuestra vida está abierta al futuro, a un futuro indeterminado, pero que, obviamente, termina con la muerte. Esto quiere decir que las cosas que le dan sentido a nuestra vida tienen que poder proyectarse en el futuro.

–Pero, ¿no es eso lo que uno hace cuando se propone metas? –insistió Camila.

–Es verdad –dijo el Señor Ibarra–, pero uno hace cosas aunque no esté seguro de lograrlas, por lo tanto, no es el logro de las metas lo que realmente importa. Además, uno tiene que aprender a enfrentar el hecho de que muchas de sus metas no se cumplirán. Se podría decir que se trata más bien de una manera de vivir.

–¿Una manera de vivir? –preguntó Manuel–, ¿qué quiere decir con eso?

–Hacemos cosas que consideramos satisfactorias –respondió el Señor Ibarra–, porque se proyectan en el futuro de nuestra vida y son apreciadas por otras personas. Es decir, las cosas que le dan sentido a nuestra vida son cosas que nos trascienden. ¿No han oído ese proverbio árabe que dice que un hombre puede considerar su vida cumplida cuando ha logrado plantar un árbol, tener un hijo y escribir un libro? Las metas, en cambio, son como etapas provisorias de nuestra vida.

–¿Por qué es importante que las otras personas aprecien lo que hacemos? –preguntó Sebastián–, ¿no podría uno realizar cosas que sólo son importantes para uno mismo?

–No creo que eso sea posible –interrumpió Gloria–. A todos nos gusta hacer cosas para los demás.

–Eso es cierto –dijo Álvaro–, a mí me gusta hacer cosas con los demás. Por ejemplo, jugar a los vídeos es aburrido si uno lo hace solo.

–Pero otra persona podría preferir jugar sola –dijo Sebastián.

–Sin embargo, somos seres profundamente sociales –dijo el Señor Ibarra–. Las cosas que consideramos satisfactorias de realizar en nuestra vida son cosas productivas. Esto quiere decir que son cosas que hacen la vida humana más interesante. Es por eso que otras personas también las aprecian y disfrutan. Por ejemplo –continuó el Señor Ibarra–, a los jóvenes que han caído en la drogadicción, se intenta sacarlos de ella mostrándoles la posibilidad de hacer algo productivo: dibujar, hacer música, aprender algo interesante, hacer deportes. Es decir, cosas que hacemos para crear lazos con los demás o cosas que los demás pueden admirar.

–¿Hacer cosas que sólo son importantes para uno –preguntó Manuel–, no sería satisfactorio?

–Es difícil decidir cuándo algo es importante sólo para uno –dijo el Señor Ibarra–. Es verdad que hay actividades que uno hace sólo por entretenimiento, como jugar con el computador. Pero hay otras que, a pesar de que se hacen en soledad resultan, a la larga, significativas para todos.

–¿Cómo podemos distinguir estos dos tipos de actividades? –preguntó Camila.

–En el fondo, por su relación con el futuro –dijo el Señor Ibarra–. Cuando lo que uno hace no se proyecta al futuro, las acciones se vuelven insatisfactorias. En este caso sólo se busca el placer momentáneo.

–Pero –dijo Gloria–, ¿no sería también inmoral hacer eso?

–¿Por qué lo dices? –preguntó Sebastián.

–Porque buscar sólo el placer significa ser muy egoísta –respondió Gloria.

–¿Qué piensan los demás? –preguntó el Señor Ibarra.

–Yo no estoy segura de que sea inmoral, pero creo que una vida centrada sólo en el placer conduce a la infelicidad –dijo Camila.

–Pero para que algo sea inmoral debería ir en contra de la regla de oro –dijo Manuel.

–¿Y cuál es el problema? –dijo Álvaro.

–Que debería existir una norma general que nos indicara cómo debemos vivir nuestra vida –dijo Manuel–, y no parece que pueda existir una regla para eso.

–¿Por qué? –preguntó Gloria.

–Porque las cosas que le dan sentido a la vida son distintas para cada persona –contestó Manuel–. Algunos quieren casarse y otros quedarse solteros. A algunos les gusta trabajar con otras personas y a otros les gusta hacer cosas a solas. Yo creo que depende mucho del carácter de cada cual.

–Es cierto lo que dice Manuel –dijo el Señor Ibarra–, eso parece indicar que el darle un sentido a la vida no es un problema moral.

–Pero –intervino Sebastián–, ¿qué ocurre con las personas que no logran darle un sentido a su vida?

–Yo creo que deben sentir que hay algo vacío en sus vidas y pueden refugiarse en el placer –dijo Álvaro.

–O pueden amargarse y tratar de suicidarse –agregó Camila.

–Es cierto –dijo el Señor Ibarra–, algunas personas podrían tomar esa decisión.

–Pero eso es lo que a mí me parece inmoral –dijo Gloria–, si yo quiero darle un sentido a mi vida debo tratar de no ser egoísta e imitar a personas como Teresa de Calcuta, que dedicaron toda su vida a los demás o a alguna causa social, como Martin Luther King.

–Esa es una posibilidad entre otras –dijo el Señor Ibarra–. Pero no podemos reprochar a nadie si no pone el sentido de su vida en la moral. Por consiguiente, no es inmoral no querer ser santo.

–Eso no lo comprendo –dijo Gloria.

–Las reglas morales –dijo el Señor Ibarra–, son límites que no se deben traspasar y lo que hay que hacer es buscar el sentido de nuestra vida dentro de esos límites. Como ya habíamos visto, la vida de un santo es algo admirable, pero no es un modelo obligatorio.

–¿Quiere decir que el sentido de la vida no tiene nada que ver con la moral? –preguntó Gloria.

–No, no quiero decir eso. Claro que hay una relación –dijo el Señor Ibarra–, pero ésta la vemos más clara cuando se actúa inmoralmente. Si uno trata de lograr algo en su vida haciendo trampas, cometiendo un robo o asesinando, el sentimiento de culpa contaminará el sentido de su vida y ésta ya no le parecerá satisfactoria. A menos, claro está, que uno sea un sinvergüenza.

–Pero –insistió Gloria–, ¿no cree usted que una persona que no encuentra sentido a su vida, puede encontrar que la vida después de la muerte se lo otorgará?

–Puede ser –contestó el Señor Ibarra–, pero se podría sospechar que, al hacerlo, sólo trata de evitar dar un sentido a la vida misma. Algunas personas sacan de ello la conclusión de que debe haber una segunda vida después de la muerte, porque la angustia mostraría que nuestra vida es incompleta y por eso deberíamos tener un conocimiento de una vida completa. Pero también podemos verlo de otra manera. El hecho de que tenemos miedo a la muerte puede ser un indicio de que sólo tenemos una vida y que todo depende de ella.

Nota a la edición española

El presente libro fue escrito en 1995 en Santiago de Chile para las clases de ética en las escuelas chilenas. Celso López se hizo cargo de los elementos narrativos, Ana María Vicuña de los aspectos del lenguaje y Ernst Tugendhat de los argumentos. Teníamos experiencia en la enseñanza escolar de la filosofía con el método y los libros de Matthew Lipman y, en el caso especial de la ética, con su libro titulado Elisa. *Nos decidimos escribir un texto propio, porque* Elisa *nos parecía demasiado ajustado a las circunstancias norteamericanas y también porque consideramos oportuno no dejar tan abiertas las cuestiones de contenido como lo estaban en el libro de Lipman. Tal vez hemos ido demasiado lejos hacia el otro extremo, pero la experiencia en Santiago ha mostrado que nuestro texto se presta al procedimiento de la discusión abierta conforme al método de Lipman.*

En cuanto a la edad, hemos pensado en los cursos escolares para jóvenes entre trece y quince años (es decir los del nivel primario de la segunda enseñanza). Queda por ver en qué medida esto vale también para Europa y hasta qué punto el texto puede servir también en Europa ya sea para la enseñanza o la lectura personal.

En cualquier caso, nos parece que en las cuestiones centrales a las que nos limitamos, la moral es la misma en todas partes. En Chile aún sigue muy extendida la opinión de que la moral pierde su base si no está fundada en la religión. Por esto nos ha parecido importante mostrar de una manera comprensible para escolares que una moral construida sobre la autonomía recíproca permite encontrar respuestas claras, al menos en los temas principales. Hemos excluido, ciertamente, importantes cuestiones laterales –como, por ejemplo, el aborto y la actitud frente a los animales– que tal vez ya no sean susceptibles a un consenso.

La primera edición del presente libro fue publicada en Santiago de Chile en 1998. Entretanto, la editorial Reclam adquirió los derechos y realizó en el año 2000 una versión alemana, en la que se hicieron algunas correcciones y se suprimió el capítulo sobre sexualidad porque parecía demasiado referido a la cultura chilena. La presente edición del texto castellano original incluye las correcciones efectuadas en la versión revisada de la traducción alemana.

Ernst Tugendhat
Ana María Vicuña y Celso López
2001